家族で魔戦祭を
満喫中!
異世界で
魔王に生まれ変わった
青年
ユキ
羊角の魔族
レイラ
魔王《まおう》になったので、
ダンジョン造って
人外娘と
ほのぼのする
15

ユキが召喚した
レイス三姉妹
レイ
長女。
念力が得意。
ヴァンパイア
イルーナ
お疲れのユキのため
お料理にチャレンジ！

ヒーリングスライム
シィ
ユキが召喚した
レイス三姉妹
ルイ
次女。
幻影魔法が得意。
ユキの武器
罪焔《さいえん》
（愛称：エン）

「あぁ、これを頼めるのは、アンタだけだ。
人間で、国王で、
しかも王族という立場のある
アンタに、協力してほしい」

魔王《まおう》になったので、ダンジョン造って人外娘とほのぼのする

MAOU NI NATTA-NODE DUNGEON TSUKUTTE JINGAI-MUSUME TO HONO-BONO SURU.

15

著 流優 RYUYU

ILLUST. だぶ竜

口絵・本文イラスト
だぶ竜

装丁
AFTERGLOW

MAOU NI NATTA-NODE
DUNGEON
TSUKUTTE
JINGAI-MUSUME
TO HONO-BONO
SURU.

CONTENTS

プロローグ　時代と、不穏分子

時代は、進んだ。

他種族同士が、いがみ合い、殺し合い、敵対するだけであった時は終わり、まだまだ拙いながらも、何とか手を取り合って、協力し合う関係を築きつつある。

その変化に戸惑う者もいるが、しかし否《いや》が応にも、世界は次の段階へと入ってしまったのだ。

故に王達は、始まったばかりの新時代の不安定さを、少しでも安定させ、他種族同士の結束をさらに強固にするべく、一つの案を実行に移した。

――魔戦祭。

他種族合同の、競技会である。

似合わないことこの上ないが、俺もまたローガルド帝国の、第二十三代皇帝としてそれに協力し、以前よりも相当に忙しくする日々である。

ただ、これは、俺自身もまた、望んだものだ。

この世界の趨勢《すうせい》というものは、今の俺にとって、もはや無関係ではいられない、重要なものなのだから。

イルーナ達の成長と、そしてレフィとリューの妊娠。

俺の日常に大きな活力を与えてくれる、それらを胸に、気合を入れて準備を手伝い――という時だった。

建設中の競技場に、魔物が出現した。

二匹の魔物が、何もないところに突如として出現したのである。

たまたま、俺もその場にいたから何とかなったが……そうでなかったら、壊滅的な被害が出ていてもおかしくはないだろう。

自惚《うぬぼ》れているようだが、客観的な事実として、俺がいなければ何十人か死んでいて、競技場建設地が半分以上壊されていた可能性がある。

現れたのが、それだけしっかりとした強さを持つ魔物だったのだ。

――ローガルド帝国の、不穏分子。

全《すべ》てが全て、上手《うま》くいくとは元より思っていなかったが……良い度胸だ。

お飾りで、権限などほぼないと言っていいだろうが、それでも俺は、皇帝だ。

こんな手段でこの国を攻撃するならば、相手になってやろう。

俺達が、この程度で音を上げるとは、思わないことだ。

◇　◇　◇

競技場建設地での事件は、無暗《むやみ》に言い触らさないよう、緘口令《かんこうれい》が敷かれた。

魔物の死骸《しがい》も、一通り調査が行われた後に俺がＤ　Ｐ《ダンジョンポイント》へと変換して消滅させ、職人達もすぐに壊れた部分を直し始め、夜通しの作業によって、三日もせずに修繕を完了させた。

ただ、これだけやっても……事件がなかったことにはならないだろうな。

こういうものは、いくら人の口を閉ざしても、自然と広まっていくものだ。

ましてや、今回のは関わった者の数が多過ぎる。

人々の話題にこの事件の話が出るのも、時間の問題だろう。

いや、実際噂《うわさ》自体はすでに出回っているようで、国の関係者が各所でてんやわんやになっている様子を、俺も見ている。

この間俺はと言うと、流石《さすが》にこの状況をほっぽって家でのんびりすることは出来ないので、一度家に帰ってウチのに今どうなっているのかを話した後、ローガルド帝国に戻って動き続けている。

全く、まさか俺が、ヒト社会のしがらみに囚《とら》われる日が来るとは。

流石に少し、面倒になってきた。

元々、柄じゃないのだ。一般人ならぬ一般魔王だし、俺。ヒトを率いることなど、出来ん。

だから――最近、一つ、考えていることがある。

俺一人で可能なことではないため、魔界王辺りと何度も相談しなくちゃならないだろうが……。

なんてことを考えていたその時、俺の下へ一つの報告が届けられる。

「魔帝陛下。魔界王様がご到着されました」

「！　来たか！」

俺はすぐにその場を離れると、飛んで一人、目的地へと向かう。

帝都に存在する、飛行場だ。

十分もせずに目的地に辿《たど》り着《つ》き、視界に映るのは、ちょうど着陸したばかりらしい、人や荷物が次々に降ろされ、整備が始まっている飛行船。

そして、その近くにいる一団。

魔界王は、そこにいた。

「魔界王！」

「お、ユキ君。こっちまで来てくれたんだね」

「おう、事が事だからな。お前も忙しいだろうしよ」

実際、今はコイツも相当に忙しいはずなのだ。

俺ですら、こんな色々やらなければならないのである。各国の王達で、今暇しているヤツなど一人もいないことだろう。

「本当だよ。全く、次から次へと問題が出て来るね。今回の件の首謀者は、捕まえたら晒《さら》し上げても良いよね」

どことなく、疲れを感じさせる顔で、そう言う魔界王。

いつもの笑みを浮かべているが、そこにもやれやれさが漂っている。

「お前、さては寝てないな」

「元々忙しい上に、これさ。それで僕が仕事ばっかりしていると、妻が笑顔でこっちを見て来るんだ。勿論《もちろん》彼女も仕方がないことだってわかってるから何も文句は言ってこないし、口では気遣ってくれてるんだけど、その真意は目にあるね。目で察しろって訴えかけてきてるね」

どうやらフィナルは、奥さんとは良くやっているようだ。

「お前が無事に尻《しり》に敷かれ始めたようで何よりだ」

「困ったものさ。何が困ったものって、その状況を悪くないって思ってる自分がいるのがだよ」

肩を竦《すく》めるフィナルに、俺は笑う。

「良いもんだろ。家族」

「……そうだね。戸惑うことも多いけど、うん。その心地《ここち》良さが、今の僕には、よくわかるよ」

そうして、一通りの軽い挨拶《あいさつ》を終えたところで、フィナルが真剣な顔になる。

「本題に入ろう。大体のところは聞いたよ。……標的は、君かもしれない」

「……突然出現した魔物だから、か?」

魔界王は、頷《うなず》いた。

「そう、その通り。突如として現れる、強大な魔物。それを最初に聞いた時、正直僕も、君の顔が思い浮かんだよ」

「……なるほどな」

魔物を飼い、操る。

それも、一定以上の強大な力を持つ魔物でとなると、そうはいないだろう。

倒したのも俺だが……噂ならば、そんな事実は関係ない。

何か下手《へた》をして自分の配下に反逆された、とか、ケチの付けようならば、幾らでもあるように思う。

そういう、情報戦目的の攻撃、ということか。

しかも俺は、あの魔物達が魔王由来のヤツらだということを知っている。

この情報自体は、ぶっちゃけ他のヤツには黙ってるんだけどな。あとでコイツに直接話そうと思って。

「海蛇の方はともかく、俺、亀は飼ってないんだがな」

蛇だと、ウチにはオロチがいる。

全然似ていないし、ウチのヤツの方が賢いし圧倒的に可愛《かわい》いんだが……イカつい蛇、という点に関しては共通していると言わざるを得ないだろう。

「そのことを知らない相手には、関係ないからね。シーサーペントの魔物の方でユキ君を連想すれば、自然とそっちも君の配下だと思うものさ。それに君、最近は君のペットのフェンリル君と一緒に色んなところへ行くでしょ？　つまり、魔帝ユキは魔物とセット、っていう印象が少なからず広まってるんだ」

嫁さん達とは別の意味で、俺の相棒たるリル。

ヤツをそんじょそこらの魔物と一緒にされたくないが……外から見る分には、『強大な魔物』であること以外はわからないのだろう。

「対処の話に移ろう。まずすべきは、噂の塗り替えだ。こういうのは、下手に沈静化させようとしてもダメだ。近しい、だが別の噂を流すことで、相殺させる。みんな、陰謀とかは大好きだからね」

「……確かにな。噂の矛先が分散すれば、それだけ効力も分散するか」

「それと並行して、君達が見つけたという短剣の調査を開始しよう。物があるならば、そこには必ず情報が付随している。専用の捜査チームを用意しないと」

「助かるぜ。あぁ、ローガルド帝国のヤツらも、そこは大分進めてるみたいだから、何かタメになる情報があるかもしれんぞ」

「わかった、聞いてみよう。――さあ、また忙しくなるよ、ユキ君。悪いけど、手伝ってくれるかい」

「勿論だ」

そう話しながら、飛行場を後にしようとした――その時だった。

俺の五感に突き刺さる、強烈な危機の予感。

考えるより先に、身体《からだ》が動く。

原初魔法の水で、俺の付近にいたヤツ全《すべ》てを覆うように、水壁を生成。

魔界王が不思議そうな顔をするが、彼が口を開くよりも先に、飛行場の一角が爆発した。

ドン、という腹の底に響くような重い音。

爆炎が立ち上り、同時に、広範囲に瓦礫《がれき》が飛び散る。

爆発したのは、飛行場のすぐ横に併設されている、管制塔のような建造物。

耳を劈《つんざ》く悲鳴。

煽《あお》られた火で、燃える人々。

爆発と崩壊による煙で、急速に視界が悪化する。

「チッ……!!」

俺は、こっちに飛んできた瓦礫の塊を殴って粉砕した後、原初魔法で水の塊を数十個生成すると、身体が燃えているヤツらにぶっかけ、消火。

爆発自体は収まったが、俺の『危機察知』スキルは周囲に存在する脅威を依然として伝え続けており、いやそんなものより何より、俺が五感で捉《とら》えている感覚が、まだこの異変が終わりではないということを告げている。

種族進化した影響で、感覚が鋭敏になったことは感じていたが、今その変化を、顕著に味わっているような思いだ。

音、臭い、光、振動、そして何よりも魔力。

この世界では、大体の事象の『起こり』に、魔力が存在する。

戦闘時や魔法使用時のみならず、日常におけるちょっと力を込めるような動作や、細かな作業を行う際にも、それらは変化を起こし、微量なれども消費されるのだ。

レフィからは、そういう面で鈍いと言われ続けている俺だが……今は少し、アイツの感じている世界に近付けただろうか。

と、状況を理解して一気に表情を引き締めた魔界王が、彼の部下達に声を張り上げる。

「被害報告！」

「一班損害無し！」

「二班軽傷二、重傷一！」

「さ、三班、意識不明が二！」

「わかった、重傷者は下がらせて回復魔法を――」

「エリクサーくれてやるッ、そっちで判断して使えッ！」

数本のソレが入ったポーチをアイテムボックスから取り出し、魔界王へと投げ渡す。

「ありがとう、助かる！　――聞いたね、重傷者に適量の処方を！　それ以外は避難誘導、周辺の警戒を！　とにかく民間人を下げるんだ！」

「ふぃ、フィナル様もお下がりにっ……！」

その真っ当な意見に、だがフィナルは頷かなかった。

「ダメだ、今の状況で僕が真っ先に避難するのは、面倒な風聞を生む可能性がある！　それに、ユキ君の側《そば》以上に安全なところはないよっ！」

「俺としても避難しといてほしいんだが⁉」

「いやぁ、頼むよ、ユキ君！　つい今しがた、協力してくれるって君も頷いてくれたはずだしねっ！」

「ちょっと早まった気がすんぜ……ッ！」

魔界王の部下達は、即座に行動を開始。

状況に流され、どう動くべきか固まっていた飛行場の警備員達を瞬く間に掌握すると、避難誘導、怪我人《けがにん》の救護等を最優先に、魔界王を頭にして全員が組織立って動き始める。

流石の統率力だ。あっちは任せて良さそうか。

「エンッ！」

『……ん、任せて！』

何が起こっても対処出来るよう、アイテムボックスに入ってもらっていたエンを取り出し――しかして備えは、嫌なことに、役に立つ。

急激に高まる魔力の反応。

それを受け、俺は一呼吸の間にいつもの水龍を数十出現させる。

が、これは攻撃用のものではないため、殺傷能力はない。ただの龍の形をした水だ。

刹那《せつな》、高まった魔力が変化を起こし、再度の爆発。

事前にそれを感じ取っていた俺は、用意した水龍を突っ込ませ、水の奔流で無理やり抑え込む。

幸い、爆発した地点付近に人の気配は感じられなかったため、建物ごと倒壊させる勢いで躊躇《ちゅうちょ》なく突っ込ませ、おかげで被害の拡散を限りなくゼロへとすることに成功し――だが、異変はまだ続く。

次に俺が感じ取ったのは、強大な生物の気配。

戦闘に備えるべく魔力を練り上げた後、まず精霊を周囲に集め、彼らとエンにどんどんと練り上げたものを流し込んでいく。

精霊魔法は、今や大事な俺の武器の一つだ。

何を発動するにしても、彼らに協力してもらえば、魔法の威力は向上する。

まあ、本当に向上し過ぎて逆に困ってしまうので、ちょっと前の競技場建設予定地のような、あまり開けていない場所では使えないのだが、飛行場のこの環境ならば問題ないだろう。

前回は、俺より弱い相手に、無駄に暴れさせてしまった。

今回は、その愚は犯さない。出て来た瞬間に狩る。

万全の準備を整えたところで――俺が感じ取った気配の持ち主が、出現する。


『――――!!』

種族：フォイア・エレメンタル
レベル：95

言葉にならない咆哮《ほうこう》と共に出て来たのは、今回は一体。

一言で形容すると、炎の巨人。

全身に火を纏《まと》い、火を滴らせ、煌々《こうこう》と燃え盛っている。

体長は四メートル近く、実体は存在するようで、ヒト型のドス黒い溶岩の塊、みたいなものに、火を纏っているような形状だ。

火と、そのドス黒さで、悪魔、という単語が思い浮かぶような凶悪なツラだ。

アルマゲドンで、悪の先兵として大暴れしてそうなビジュアルをしてやがる。

相当な高温であるらしく、ヤツの周囲が瞬く間に燃え上がり、飛行場の整備された地面が黒く炙《あぶ》られ始める。

実際対峙《たいじ》している俺にも、かなりの熱が届いている。これ以上近付くと、服が燃え始めるな。

そして、何よりも重要なのが、称号欄。

そこに、『魔王の眷属《けんぞく》』があることの確認が取れる。

——やっぱ、出て来るのか。

フィナルが先程言っていた通り、これは、俺が標的にされていると考えるべきだろう。

俺を、社会的に追い落とすための攻撃。

民衆に俺を想像させるための『目印』が、魔物なのだ。

全く、迂遠《うえん》で陰湿なことだ。

敵は、さぞ神経質なツラをしているに違いない。

「エンッ、飛行場がこれ以上壊されるのはマズい、アイツが暴れる前に速攻で片を付けるぞッ！」

『……ん！　主《あるじ》、ここなら、剣ビーム行ける！』

「……よし、景気良くぶっ放すかッ！」

剣ビーム。

別名、『魔刃砲』。

レフィの『龍の咆哮』を目指して、ドワーフの里へ行く少し前くらいに開発した、一点集中の攻撃である。

種族進化を果たしてからは、まだ試していなかったが、いったいどれだけの威力になっていることか。

この魔刃砲は、精霊魔法を噛《か》ませる必要があるので本来ならば溜《た》めに少々時間が掛かるものの、今回はその準備を事前に終えている。

「うわっ……それはマズい。総員、衝撃への備えをっ！」

後方で、魔界王が部下に指示を飛ばしているのが聞こえる。

「悪いがお前の出番は存在しねぇッ！　このまま消火して、ただの炭に変えてやるッ‼」

俺は、エンを振った。


空間が戦慄《わなな》く。


戦艦の主砲でも放ったかのような音の後、可視化される程に濃密な魔力が空を穿《うが》つ。

――ヤバい。

魔力を込め過ぎたかもしれない。

今までにないような、両腕が折れてしまいそうな程の反動が俺に襲い掛かり、というか普通に吹き飛ばされ、慌てて三対の翼を出現させ、姿勢制御を行う。

そして、放った俺にも衝撃が来る程だったその一撃を、正面から食らった悪魔野郎は――消滅した。

致命傷を負ったとか、吹き飛ばされたとか、そんな次元ではない。

消滅である。

およそ肉体の三分の二を失い、残ったのは、両足の先のみ。

当然、ＨＰは全損しており、すでに息絶えていた。

『……おー。すごい』

「お、おう……」

ちょっと興奮したような声音のエンに対し、顔面が引き攣《ひっ》り気味の俺。

……俺の得意属性は『水』であり、故に精霊との相性においても、水精霊との相性が良い。

だが、この辺りに水辺はなく水精霊も少ないので、精霊魔法を使用する魔刃砲ならば自然と威力も抑えられると思っていたのだが……いや、多分、抑えられてこれだったのだろう。

水辺で放った場合、一体、どれだけになっていたことか。

と、眼前の結果に少々固まっていると、後ろから声を掛けられる。

「……ユキ君、敵を倒してもらっておいてこう言うのもなんだけど……攻撃方法はもうちょっと考えてほしいかな」

「……す、すまん」

何とも言えないような顔で苦笑する魔界王に、思わず謝る俺だった。

◇　◇　◇

どうやら敵の攻撃は、火の悪魔で打ち止めだったらしい。

魔力の変異も感じられなくなり、状況が治まったと判断した俺は、魔界王達と協力して後始末に移る。

全体の被害は、やはり、それなりに出てしまっていた。

人的被害に限って言えば、迅速な避難誘導により、起きた爆発の規模に比べれば圧倒的に少なく済んだようだが、それでもゼロにはならなかった。

特に、二度起こった爆発の内、最初の爆発は……完全に意識外のところを狙《ねら》われたからな。

また、その二度の爆発で、飛行船の管制塔と、それに隣接した建物が倒壊。

まあ、片方は爆発というか、俺の魔法によって壊したようなものなのだが……人死にを出さないための措置だったので、許してもらうとしよう。

付近に泊まっていた飛行船は、魔界王が乗ってきたものと整備中で置かれていたものがそれぞれ中破、だが修繕は可能な範囲内の壊れ方だったらしく、特に魔界王の船の方は技術者がすでに修復に取り掛かっているため、一週間で航行可能状態まで回復させられるとの話だ。

魔界王の乗って来たものは、民間船じゃなく、アイツの専用船らしいので、最優先で扱われているようだな。

いざとなったら、ウチの扉経由で魔界に返すことも考えていたが、そこまでする事態にはならなそうだ。

この国の警察組織や消防組織の者達も、俺が魔物を月まで吹っ飛ばした二十分後くらいには現れ、今現在も瓦礫《がれき》の撤去や現場検証などで、非常に忙しくしている。

俺達にも話を聞きたいとのことだが、ぶっちゃけ今相手をするのは面倒だし、魔界王と色々相談する方を先にすべきなので、事情聴取は後程、ということにしてもらった。権力万歳。

「フー、何とかなったかな。助かったよ、ユキ君。君がいてくれたおかげで、被害が相当抑えられた」

状況が落ち着いたからか、一息吐《つ》いたような様子で、魔界王がそう溢《こぼ》す。

「逆に言やぁ、俺がいたせいで巻き込んだ可能性もあるがな」

「それをユキ君のせいにする馬鹿な子がいたら、僕の部隊総出で、懇々と説得しても良いね」

「一般的にはそれ、説得じゃなくて脅しって言うんだぜ」

「そうなのかい？　いやぁ、僕は初めて知ったよ」

肩を竦《すく》めてみせる魔界王に、俺は笑い声を溢す。

気遣いの上手《うま》いヤツめ。

「さて……また厄介な事件に巻き込まれたものだね。ここまでしっかりとテロを起こしてくるのは、流石《さすが》に予想外だったけれど、でも規模が大きくなればなる程、証拠というのは増えるもの。例えば――」

その時、フィナルの部下らしい魔族がこちらにやって来たかと思うと、魔界王へと報告を入れる。

「フィナル様。爆発物の残骸《ざんがい》、発見しました」

「――タイミングが良いね。ユキ君、見に行こう」

フィナルの部下が発見したのは、ほぼ炭化している、何かのカスのようなものだった。

もはや分析スキルすら通らない程で、辛うじて何か、記号？　っぽいものが書かれているのはわかるのだが……。

「ふむ。そこの君！　こっちに来てくれるかい」

しかし、フィナルはそこに、何かしらの情報を見出《みいだ》したらしい。

魔界王が声を掛けたのは、ローガルド帝国の兵士らしき男。

どうやら隊長とかそういう立場であるらしく、周囲の他の兵士に矢継ぎ早に指示を出していたのだが、フィナルに呼ばれたことですぐにこちらへとやって来る。

「はっ、何でありましょうか」

「これ……僕の記憶違いじゃなければ、この国の武器に記す管理番号だと思うんだけれど、どうかな？」

そのフィナルの言葉に含まれる意味を察し、彼は若干頬を引き攣らせながら、俺達が見ていたものを確認する。

そして――頷《うなず》いた。

「……ええ、その通りかと。詳細は調べなければわかりませんが、武器保管庫にしまわれていたはずの、『魔塵爆《まじんばく》』の爆薬である可能性が高いと思われます」

「魔塵爆？」

俺の問い掛けに、彼は答える。

「はい、特殊な魔力の調合を必要とする爆薬であります。軍所属の、研究者達でなければ作れないものであるため、外では流通しておらず……」

となると、それが今回悪用された、と。

「わかるかい、ユキ君。魔物の出現に合わせて、この爆発物が意味するところが」

「……管理責任、ってところか？」

フィナルは、頷いた。

「そう。テロを起こした者は非難されるが、そのテロに国の管理品が盗まれて使用されたとあったら、杜撰《ずさん》な管理をしていた者達も当然槍玉《やりだま》に挙げられる。――つまり、僕達さ」

「なるほどな」

責任者とは、責任を取るためにいる。

そして、現在のこの国、特に軍の責任者と言えば、フィナル達であり、さらに俺である。

いや、総責任者ならば、やはり俺か。

名目上と言えど、この国の皇帝は、俺なのだから。

こっちとしちゃあ、知らんがなと言いたくなるが、世間はそう見ないだろう。

「どうやら敵は、俺達を徹頭徹尾貶《おとし》めたいらしいな」

「そのようだ。僕らの足を引っ張る手段としては、合理的だと言わざるを得ないね。大した悪だくみの仕方さ。ただ……今回のこれは、流石にやり過ぎだ。あわよくば僕を葬りたかったのかもしれないけれど、これで幾らか敵の候補が絞れた」

「順当に考えるなら、軍事物資にアクセス出来る、この国の高官とかか？」

「そう、その可能性が高いと僕も思う。単純に盗まれた可能性も考えないといけないだろうけど、武器保管庫にアクセス出来る者は限られる。そこを絞れたなら、あとはそう難しく……」

そこで、魔界王はふと考えるような素振りを見せる。

「魔界王？」

「……あとは、そう難しくない。本当に？　ここまで陰湿に、そして大規模に事件を起こした相手が、自身を特定されるような痕跡《こんせき》を残す？」

深く、何事かを考え始めるフィナル。

「敵の動きは派手だ。魔物に、軍製の爆薬。けど、その派手な動きに僕らは気付けず、阻止出来なかった。しっかりと計画を練り、数多《あまた》の偽装を行ったはず。にもかかわらず、自身へと繋《つな》がる証拠だけは現場に残すなんて、あまりにもこちらに都合が良い話だ」

しばらく、自らの考えを纏めるかのようにブツブツと呟《つぶや》いていた魔界王は、瞳《ひとみ》の焦点を俺へと戻す。

「……とにかく、ここからは今ある情報を辿《たど》っていくとしよう。ユキ君、協力してってさっきお願いしたけど、ちょっと時間が欲しい。一週間程、情報収集させてくれないかい。君には、その後に動いてもらうことになると思う」

「ん、わかった。正直俺も、一旦《いったん》家の方の様子を見たかったから、ちょうど良いかもしれん」

ダンジョンに帰ってない訳ではないが、今は本当に忙しく、こっちにいる時間がすごい長くなってるからな。

レフィ達の様子も見たいし、少し、家でのんびりしたいところだ。

第一章　水面下

——飛行場での、諸々《もろもろ》の後始末を終えた後。

真・玉座の間に繋げた扉を潜《くぐ》り、俺はエンと共に家に帰る。

「ただいま」

「……ただいま」

すると、すぐに俺達へと言葉が返ってくる。

「お帰り、二人とも。一日、お疲れ様じゃ」

「おかえりっす！　ちょうどお茶淹《い》れたところなんで、二人も飲むっすか？」

「おう、頼むわ。あんがと」

「……ありがと」

部屋にいたのは、レフィとリューの二人だった。

エンはお茶を受け取ると、ポフッと椅子に座り、両手で持ってコクコクと飲む。

俺もまた湯呑《ゆのみ》を受け取ると、フー、と息を吐いて玉座に腰掛け、口を付けて喉《のど》を潤す。

疲れた。

いや、肉体的にはそこまでじゃないのだが、精神的な疲れに関しては、やはりこの超スペックの肉体でも関係なく溜《た》まるのだ。

何で俺、こんな真面目《まじめ》に仕事してんだってくらいちゃんと仕事してるからな、最近。

良くも悪くも……いや、良くも、だな。これに関して、悪く感じたことないし。

良くも俺は、ヒト社会に交じって暮らして来ず、このダンジョンで家族と毎日好き勝手する生活をして来た。

今の生活は、少し、他人に左右され過ぎる。

その相手が家族ならばまだしも、だ。

知らんわそんなもん、と放り出してしまえば楽なのだろうが……今の俺には、外との縁も増えてしまった。

そして俺自身も、その縁を大切にしたいと思っているのだ。

と、俺の動作がよっぽど疲れているように見えたのか、レフィとリューの二人がそれぞれ声を掛けてくる。

「カカ、大分お疲れな様子じゃの」

「ご主人がそう顔に疲れを出すの、最近多いっすねぇ。また何かあったんすか？」

「おう、飛行場でテロ起こされてよ。爆弾がボッカンボッカン行くわ、また魔物出て来るわで、大分大変だったわ。人の被害も幾らか出ちまったしな」

「……主《あるじ》、頑張ってた。主がいて、被害が小さくなった」

「そうかそうか。またぞろ何か失敗したかと思うたが、今回は頑張ったんじゃなぁ」

「少し前から、外に出る時はしっかりエンやリル様を連れて行くようになったっすからね、ご主人。フフ、その効果がちゃんと出てるんじゃないっすか？」

「……ん。みんなの代わりに、外ではエンが主を守る」

「頼りにしてるよ、本当に」

と、少しの雑談をしたところで、眠気が出て来たらしく、エンがふわ、と可愛《かわい》らしいあくびを漏らす。

「……エン、ちょっと寝たい」

「あ、それなら、ウチらの部屋でお昼寝するっすか？　ちょうど干してたお布団を入れたところっすから、すぐに準備出来るっすよ」

「……ん、そうする。ベッド、借りるね」

「はいっす！　けど、あと二時間くらいで晩御飯だと思うんで、一時間くらいしたら起こすっすよ？」

「……んー」

眠そうな声を漏らし、リューとレイラの部屋へとエンは入って行った。

リューとレイラの二人は、未《いま》だ相部屋《あいべや》の方で寝起きをしている。

時折大部屋の方で、全員で一緒に寝ることもあるのだが、もう習慣になっているようで、基本的にはそっちで寝起きしているのだ。

俺とレフィが、寝る前にゲームをして遊ぶことが多いように、彼女らも寝る前に雑談しているのだという。

　元々『同僚』という立場で仲が良かった二人だが、しっかり『家族』となった今も、変わらず仲が良いようだ。

「エンがあの様子とは、出て来た魔物とやらはそんなに強かったのか？」

「いや、攻撃してくる間もなく、一撃で消し飛んだ。周りに一般人が多くいる状況で出し惜しみする訳にもいかないから、全力で行ってな。けど、エンもかなりの魔力を使ったから、それで眠くなったんじゃねーかな」

「……最近、少しずつご主人が、レフィに近付いている気がするっすよ」

「カカ、ま、ヒト種の中では強うなったことは確かじゃの」

「俺としては、自分が強くなるにつれて、お前の半端ない強さを感じるもんだけどな」

「最近は、ネルも強くなっておるの。勇者の風格、と言うべきじゃろうか？　そういうものが滲《にじ》み出《で》始めたように思うぞ。まあ、本人はもう勇者を辞めようとしておる訳じゃが」

「前から思ってたっすけど、ネルって切り替え上手っすよね。すっごいデレデレな顔を見せる時もあれば、キリッとしている時は本当に格好良くて。人間の中だと、ネル以上に強い人って、もういないんじゃないっすか？」

「俺もそう思うな。色んな人間と会うようになったが、国の精鋭部隊が束になってもネルには敵《かな》わないだろうよ。魔族の精鋭中の精鋭だったら、ギリギリ張り合えるくらいか？」

「魔境の森の魔物と戦えておる時点で、ヒト種の中でも普通に上位に食い込むじゃろうの。彼奴《きやつ》の場合、それにクソ度胸が合わさって、元々高い実力の全《すべ》てを十全に発揮出来ておるし。――と、ネルは明後日《あさって》帰ってくるそうじゃ。今お主らが進めている催し物の関係で、あの国もちと忙しくなってておるようじゃな」

「了解。まあ、ローガルド帝国もすげー忙しい以上、アーリシア王国も同じくらいは忙しくなってるだろうな」

俺と同じくらい、ネルも頑張ってるのだろう。

帰って来たら労《いた》わらないとな。

「話は変わるが、二人は、体調の方はどうだ？」

「大丈夫じゃ、毎日必ず互いの体調を確認しておるし、レイラも見てくれておるが、何も問題ないぞ」

「いやぁ、もう、家族がいることの頼もしさを、日々感じるばかりっすよ。みんながいてくれるおかげで、色んな大変さが楽になってるっす」

「特に、イルーナ達が儂《わし》らを気にしてくれておっての。何かと手伝おうとしてくれるんじゃが、それが嬉《うれ》しいもんでな」

「あの子達、お姉さんになるんだってすっごく張り切ってるっすからねぇ。フフ、頼もしい限りっすよ」

「そうか……」

二人と話している内に、感じていた疲れが溶け出していくのを感じる。

精神が癒《いや》されていく感覚。

…………。

「？　どうした？」

「いや……ん、俺もやっぱ、ちょっと疲れたみたいだ。少し寝るかな」

「そうじゃな、それが良かろう。よし、リュー。膝枕《ひざまくら》してやれ」

「えっ、う、ウチっすか？」

「お、じゃあお願いしよっかな」

「……わかったっす！　それじゃあご主人、えっと……旅館の方、行くっすか？」

「ん、そうする」

そうして俺は、リューと共に旅館に行き、彼女がいそいそと敷いてくれた布団に身体《からだ》を横たえ、枕元に座ったリューの膝に頭を乗せる。

太ももの感触。

「辛《つら》くなったら、足抜いてくれていいからな」

「わかったっす。けど、大丈夫っすよ。ウチのことは気にせず、ゆっくり眠ってください」

そう言ってリューは、微笑《ほほえ》みながら俺の髪に指を通し、髪を梳《す》くように撫《な》でる。

「ウチが、一緒にいるっすからね」

耳に心地《ここち》の良い、柔らかい声。

リューの温《ぬく》もりと、ふわりと漂う、安心する嫁さんの匂《にお》い。

それらに包まれている内に、俺はすぐに瞼《まぶた》が重くなっていき――。

◇　◇　◇

リューの膝枕で、自分でも不思議なくらいぐっすりと仮眠を取ることが出来た後。

そろそろ晩飯を作らないと、というタイミングの時だった。

「なーにー、おにいちゃん。わたし達には任せられないって？」

「い、いや、そういう訳じゃないが……えーっと、手伝いとかは……」

「大丈夫だから、おにいちゃんはそっちでみんなと座ってて！　ね？」

今日は、自分達で料理を作るから、と言い始めたイルーナ達。

妻軍団も、特に何も言わずテーブルに座っている。

「お、おう……わ、わかった。けど、何かあったら、ちゃんと呼ぶんだぞ？」

「大丈夫だって。もー、おにいちゃんは心配しょーだなぁ。仮にケガしても、シィがいるから平気だよ」

「そーだよ！　シィがいれば、ちちんぷいぷいのぷい！　だよ！」

「……そもそも、そうそうケガしたりもしない。だから、主は気にせず座ってて」

俺と同じく仮眠を取っていたが、先程起き出してきたエンの言葉の後に、レイス娘達が同じ気持ちだと示すためか、「自分達に任せて！」と言いたげな動きを見せている。

俺は、チラリとウチの妻軍団の方を見るが、彼女らはただニヤニヤとこちらを見るのみである。

ちょっと不安に思いながらも、ただやる気を見せている彼女らに水を差すのも良くないだろうと、俺は大人しくテーブルで待機している大人組の方へと向かう。

「わ、わかった。じゃあ、お願いするわ」

「あの子ら……随分やる気だけど、もしかして俺がいない時に、料理の練習してたのか？」

今まで彼女らが料理を手伝ってくれることもあったが、あくまで大人達が中心で、その手伝い、という形だった。

なので、一から十まで彼女らが料理をするというのは——いや、そう言えば幼女達は時々、作った秘密基地で、自分達だけで寝起きする時があるのだが、そういう時は自分らで作ってるか。

ただ、レイラがある程度下処理してから、食材等を渡しているはずなので、本当に一から全てを彼女らが作ることは、そう無かったと思うのだが……俺が外に出てる間に、練習したのだろうか。

「うむ、言うたじゃろう、色んな面で手助けしてくれておると」

「最近、私達が料理する時は必ず手伝いをしてくれてますからねー。普通に料理する分には、もう問題ないくらいですよー」

「と言っても、やっぱりイルーナが見てないと、だんだん変な方向に行っちゃうんすけどね。特にシィ、レイ、ルイ、ローの四人は、すーぐ料理にオリジナリティを加えようとするっすから」

レフィの言葉の後に、レイラとリューがそれぞれそう話す。

「カカ、そういう時、意外とエンなどは、止める側じゃなく、シィらと一緒にやり始めるんじゃよな。大真面目《まじめ》に変なことをし出して、イルーナが『あぁ、もう……この子達は』と苦笑するんじゃ」

簡単に想像出来るな、その様子は。

あと、エンはよく俺に付いて出ているので、他の子達と比べると料理を練習する時間が少なくなってしまっているかもしれないのだが……いや、彼女は切ることだけは誰《だれ》よりも得意なので、それこそ大人組より得意なので、役割分担すればそこは問題はないか。

けど、代わりにリルを連れて行くとかして、もうちょっとエンを家に残す時間を増やした方が良いだろうか。

そういうことをすると、あの子自身が「……エンは主の武器。だから、連れて行って」と怒るんだが……。

「そうか……もうそろそろ、幼女とも言えなくなるか」

「そうじゃな。少女ではあれど、もう、幼女や童女ではないのかもしれんな」

幼女組ならぬ、少女組、か。

イルーナの背が伸び、精神が成熟してきていることは、よく知っている。

それぞれの種で命の長さが違い、それ故成長の仕方も違うのがこの世界であるため、前世の年齢基準で考えてもあまり意味はないが、それでも彼女は、前世ならば小学校を卒業してるかどうか、というくらいの歳《とし》だろう。

シィやエン、レイス娘達も、まあ見た目は全然変わらないが、イルーナと同じように、成長しているのだと思われる。

俺にとって彼女らの印象というのは、やはり幼い子供達というものなのだが、きっと彼女らは、大人の知らないところで様々なものを経験し、感受性を磨いているのだ。

……感慨深いもんだな。

「ウチらの方も、少女から繰り上がりで『妻』で『母』っすからね！　それらしい振る舞いを、ウチらも身に付けていかないとっす」

「ま、そういうのは自然に身に付くもので、無理に気を張る必要はないんじゃないかの？　ほら、儂らの旦那《だんな》、子供っぽさで言ったらイルーナ達とタメを張るくらいじゃし」

「おっと、俺とそんなに変わらない精神性の奴《やつ》が何か言ってますねぇ」

「妻と、母としての振る舞いですかー。私も上手《うま》く出来るか、ちょっと不安ですねー」

「いや、お主に不安がられると、むしろ儂らの方が不安になるんじゃが……」

「右に同じ」

「左に同じっす」

と、仕事でいないネル以外の大人組で話していると、やがて料理が出来上がったようで、「出来たよー！」とイルーナ達がこちらへ料理を運び始める。

物質を食べないレイス娘達を除き、七人分の料理となると結構な量になるため、運ぶのを手伝おうとするも「おにいちゃん達は座ってて！」と言われ。

大人しく言われた通りにしていると、彼女らは気を付けながら何度も往復して晩飯の用意をしてくれ——それが終わる。

晩飯のラインナップは、味噌汁《みそしる》に白米、野菜炒《いた》めと冷ややっこに、きんぴらごぼう。

「おぉ……！　メッチャ美味《うま》そうだ！」

すっごい今更だが、我が家は俺の影響で、米が主食だ。

色んなものを食べるが、基本的には米を炊いて食べるのだ。

ただ、これだけ和風な品々だと……恐らく、俺が好きなものを用意してくれたのだろう。

元日本人である以上、俺もまた、和食は好きなのだ。

食に対する好みで、やっぱり俺は日本で生まれた元日本人なんだな、というのを感じたものである。

「よし、食べるか！　いただきます」

『いただきます』

声を揃《そろ》えてそう言い、俺達は晩飯を食べ始める。

……美味い。

味付けも完璧《かんぺき》で、切り方が不揃いなんてこともなく、普通に美味い。

この子らが作ったのだと知らなければ、普通に大人組の誰かが作ってくれたのだろうと思うくらいだ。

「すげー美味い。マジで」

俺の言葉に、彼女らは互いに顔を見合わせると、まるでいたずらが成功した時のような、満足そ

うな、嬉しそうな笑みを浮かべたのだった。

◇　◇　◇

――ユキが、少しのんびり出来る時間を得て、翌日。

レフィは、妊娠してからの日課となっている、草原エリアの散歩を今日もまた行っていた。

いつも快晴で、過ごしやすい環境となっている草原エリアだが……ただ今日の天候は、いつもと違っていた。

空は今、雲が全《すべ》てを覆っている。

そこから、ざあざあと落ちてくる、水の粒。

雨。

差した傘にそれが当たり、弾《はじ》け、落ちる。

歩く度に、パシャ、パシャ、という音が足元で跳ねる。

「……カカ。考えてみれば、雨に当たるという経験も、久方ぶりじゃな」

何となく、愉快な気分になりながら、自らの差している傘を見上げる。

龍族は、雨を避ける、などということは基本的にしない。

鬱陶《うっとう》しいからという理由で、雨宿りをすることはあれど、たとえ一日中雨に打たれ続けていたところで身体《からだ》を冷やすことなどないし、まして体調を崩すなどということもない。

だから、『傘』というのは、龍族には存在しない文化なのだ。

まあ、以前までの自分ならば、だからどうした、と思うだけなのだろうが、何故《なぜ》か今の自分は……この、降りしきる雨ですら面白い。

風情を感じるのである。

いつもと色の違う草原。

灰色の雲が覆い、雨に濡《ぬ》れる魔王城。

見知った風景の、見知らぬ風景。

「生き方だけで……こうも、見え方も違うんじゃな」

気分の良いまま、レフィは、歩く。

——草原エリアでは、基本的に天候が変わることはない。

ダンジョン内に存在する草木は、全てダンジョンの魔力のみを栄養素としているそうなので、全く雨など降らずとも一切枯れず、青々とした緑を保ち続けることが出来るらしい。

だから、こうして雨が降っている時は、ユキが気分でそういう風に設定した日だけだ。

常に快晴だけではつまらないだろうと、時折天候をわざと崩すのである。

今回も、久しぶりにゆっくり出来るようになり、そう言えば全然ダンジョンの天候を変えていなかったな、と思い付いたようで、この空模様だ。

ただ、何やら本人は『四季』というものにこだわりがあるらしく、例えば雪などは、特定の数か月だけでしか降らさない。

気温も微妙に変化させているそうだが、あまり急激にやると体調を崩しやすくなるので、やはり基本的にはずっと、過ごしやすい快晴の気候なのである。

そういう訳で、今日のような雨の日は月に一度あるくらいなのだが、そうなると喜ぶのが、幼女組――いや、『少女組』である。

何でも遊びに変える才能のある彼女らは、この雨もワクワクする対象であるらしく、空模様を見て「今日は雨ね！　よーし、雨の遊びをしなきゃ！」と、かっぱを着て長靴を履き、元気良く外へと出て行った。

つい先程、自身が散歩に出掛ける際にも見かけたのだが、全員で集まって、何やら熱心に地面に溝を掘っていた。

どうやら、そこに水が流れて川のようになるのが面白いらしく、ダムを作ったり、支流を作ったり、こちらに気付かない程熱中して遊んでいた。

成長はしていても、こういう面ではまだまだ子供であるらしく、微笑《ほほえ》ましさに笑みが零《こぼ》れてしまったものである。

――風邪を引かないよう、戻ったらすぐ風呂《ふろ》に入るように言っておかないと、じゃの。

そんなことを思いながら、いつものコースを一周して戻ってくると、イルーナ達の遊びが先程と少し変わっていることに気が付く。

掘った溝の川はそのままに、紙で何か船らしきものを作り、それを水に浮かせたりしているのだ。

「何の遊びじゃ？　お主ら」

気になったレフィが彼女らに声を掛けると、気付いたイルーナが、口を開く。

「あっ、お姉ちゃん！　これはねぇ、お兄ちゃんが『よし、ペニーワ〇ズごっこだ！　川があるなら紙船を流さなきゃな！』とか言って、作ってくれたの！」

「ぺにー……ふむ、恐らくまた阿呆《あほう》な思い付きをしたのじゃろうが、なかなか風流な遊びじゃな。して、本人は？」

「うん、レイラお姉ちゃんが来て、『ユキさん、今月はもう、結構な量のＤＰ《ダンジョンポイント》を使ったはずですよねー？』とかって言われて、何かを断念して帰ったよ」

「いつもの、あたまのあがらない、あるじだったヨ！」

「……ん。情けない顔になる時の主」

エンの言葉の後に、うんうんと頷《うなず》くレイス娘達。

「カカ、なるほどの。つまり、いつも通りだった訳じゃな。……よーし、では儂《わし》も、一隻作ってみようかの！　お主ら、紙の折り方を教えてくれるか？」

「任せてー！　えっとねぇ、まずは――」

そうしてレフィは、イルーナ達と一緒になって、雨の中で遊び始める。

途中、再びやって来たユキがそこに加わり、どちらがより美しい船かを競ったり、水を掛けて妨害したり、泥を掛けて妨害したり、それは反則だろうと言い合ったり。

存分に雨という空模様を楽しんだ後に、少し暗くなってきたところで、風邪を引かないよう全員で旅館の風呂に入り、心身を温め、心地《ここち》良い疲労を感じながら、レイラの作った最高に美味い料理を食べる。

――いつも通りの、変わらない日常。

ユキがいて、動き出す日々。

胸の奥が、温かくなる感覚を覚えながら、レフィは今日もまた、色に溢《あふ》れた一日を過ごすのだ。

◇　◇　◇

「ご主人、ご主人」

「どうしたのかね、我が妻リュー君」

「ご主人って、おバカっすよね」

「我が妻リュー君、随分唐突に来ましたね」

俺の言葉の後に、近くにいた妻軍団が、テキトーな様子で言葉を挟む。

なお、ネルも帰ってきたので、彼女も一緒である。

「誤解の余地なき、じゃな」

「愛すべき、って付けてもいいよ、おにーさん」

「お馬鹿な子程、可愛《かわい》いとは言いますからねー」

「何だ、お前ら。寄ってたかって。俺をいじめたいのか」

「そうしたいかどうかと言えば、そうじゃな、その通りじゃ。お主が散々言われて『ぐぬぬ』と唸《うな》っているサマを見たい」

「安心して、おにーさん！　レフィにいじめられて泣いても、僕がいい子いい子ってしてあげるからね！」

「では私は、お可哀想《かわいそう》なユキさんのために、膝枕《ひざまくら》でもしてあげましょうかー」

「リュー、君のせいでこんなことになってるんだが、君は結局何を言いたかったのかね？」

「あはは、いや、ご主人はイルーナ達に『俺みたいなちゃらんぽらんになりたくなければ、ちゃんと勉強しないとだぞ』って言うじゃないっすか。でも、ご主人は結構博識だし、となるとご主人が求める水準って、どのくらいなのかなーって思って」

「何度か同じこと言ってるが、俺は知ってるだけだぜ。知ってるが、それを活《い》かす能力がない。他人にああいうのがあるぜ、こういうのがいいんじゃねーかって無責任に言うことは出来るが、その知識を活用して自分でどうこう、ってのは無理だ。だから、あえて水準を言うなら、そういう知識を活用出来る賢さを身に付けてほしいとは思うな」

賢い者というのは、『応用が利く者』だろう。

紙面上の成績が良くて、それだけでオーケーとなるのは、学校の成績までだ。

まあ、俺はその学校の成績も、普通に悪かった訳だが！

だから、博識というのは間違いだ。前世で義務教育を終えていれば、俺くらいの知識はあるだろう。

あとは、結構本読むのが好きだったたし、漫画やアニメも普通に見ていたので、そういう経緯で得た知識もそれなりにあるかもしれない。

変にマニアックな知識とかって、勉強じゃなくて、やっぱ娯楽で覚えるしな。

そして、そういう応用を利かせられる者というのは、前世でも今世でも、ちゃんと勉強して、色んな知識を持っているイメージだ。

まず、知っているからこそ、それを活かすことが出来ているように思う。

「でもご主人、曲がりなりにも、って言ったら失礼かもしれないっすけど、皇帝としても結構しっかりやれてないっすか？　名目だけっていうのは聞いてるっすけど、たとえそうでも、立派だなとは思うんすよ」

「ありがとう、我が妻リュー君。君は俺の味方であるようだ。……いや、よく考えたらネルとレイラは味方してくれてたし、つまり敵はレフィだ」

「おっ、何じゃ。喧嘩《けんか》か？　よし、買おう」

「レフィ、妊婦なんだから激しく動いちゃダメだよ」

「安心せい、儂は最近、特に身体《からだ》を動かさずに旦那《だんな》をしばく術《すべ》を学びつつある。お主らにも、後程教えてやろう」

「お前、なんか最近気が強くないか？　いや、元からか」

「母とは子を守る者じゃからな！　向かってくる阿呆には、強く行かんとの、強く」

「夫に向かってそれを申すか」

「大丈夫っすよ、ご主人。レフィはちゃんと、ご主人のこと頼りにしてるっすから。勿論《もちろん》、ウチもっすよ！」

「リュー、愛してるぜ」

えへへぇ、と照れるリュー。可愛い。

「何じゃ、リュー。ダメじゃぞ、そのようでは。確かに頼りになる時もあろうが、基本的にはダメダメじゃ、この男は。儂らの子がこの阿呆に似ないよう、儂らで見ておかんとならん」

「！　確かにそれはそうっすね。ご主人に似て無鉄砲になられても困るし……その点、イルーナ達はご主人に似ても、思慮深さが元々あったから大丈夫でしたけど」

「あー、それはそうかも。おにーさんはおにーさんのままで、もうしょうがないって感じだけど、子供がそういう面で似ないように気を付けないと……」

「……ユキさん、ごめんなさい、私も擁護出来ませんねー。やんちゃ、という程度なら可愛いものですが、ユキさんみたいに崖《がけ》で止まらないで飛び込む真似《まね》はやめさせませんとー……」

「お前らいったい俺に対してどんな印象を抱いてんだ」

「阿呆」

「おバカ」

「良くも悪くも突き抜けてる、って感じかな。おバカに」

「お世話のし甲斐《がい》のある方、ですかねー。一人放っておくと、少し不味《まず》いかも、という感じのー」

「正直にありがとう。妻達の愛を感じられて涙が出そうだ」

俺に味方がいるように感じたのは、どうやら勘違いだったようだ。

夫とは、一人孤独に、家を守るのみ。

これが男の戦い、ということか……。

「……いいぜ、お前らがそういう態度で来るなら、俺にも考えがある。子供が産まれて大きくなったら、それはもう、母親には言えない悪い遊びをたくさん教えて、お前らの気苦労を増してやる！」

「ほう、具体的にはどのような遊びじゃ」

「まずは、服を泥だらけにする遊びだな。それはもう、洗濯が大変になるくらい汚してやる」

「あはは、確かにそれは、大変だね」

「ウチ、洗濯機の魔道具あるから、外と比べると相当楽っすけどね。洗濯」

「次は、擦り傷だらけになるような、スポーツとかをいっぱい教え込んでやる！　つい最近造ったアスレチックエリアも拡充して、夢中になって生傷を量産するような場所にしてやろう！　同時に、きっと服も泥だらけになっているはずだ」

「身体が丈夫で健康になってくれそうですねー」

「大怪我《けが》だけはせんように注意せんといかんの」

「最後に、鬱陶しいくらいに構うことで、きっと親離れが進むことだろう！　お前らは、子供の早過ぎる成長に、寂寥《せきりょう》を覚えて感傷的な気分になるはずだ」

「つまり、愛情をいっぱい注いで育てるんだね？」

「良い夫として、頑張ってくれるみたいっすね」

「何とでも言うがいい！　ただ、俺の計画は、密《ひそ》かに進行しているということ、お前達に伝えておこう……その計画が明るみに出た時！　お前達はきっと、ああなんて男を夫にしてしまったのかと、悪逆非道なる魔王の仕打ちに泣き、叫び、絶望するはずだ……」

「悪逆非道なる魔王よ。そろそろ晩飯の用意しようと思うから、手伝え」

「はい」

◇　◇　◇

「おにいちゃん、ちょっとこっちに来なさい」

突如、正座したイルーナが、ポンポンと対面の床を叩《たた》きながらそう言った。

「え、あ、はい」

促されるがままに、俺は彼女の前に座る。

何となく、こちらも正座だ。

「えーっと、どうしたのでしょうか、イルーナさん」

「いいですか、おにいちゃん。わたしは今、おにいちゃんに言いたいことがあります」

「な、何でしょうか、いったい」

いつになく真面目《まじめ》な顔をしているイルーナは、やはりいつもより真面目な口調で、話し始めた。

「おにいちゃんが、今とても忙しくしていることを、わたしは知っています。色々しがらみがあって、日々大変だってことは、よくわかります。お疲れだってことも」

「は、はい」

「でも、今、おねえちゃん達も、大変です」

そこで、俺はイルーナが話したいことを理解し、姿勢を正す。

「おねえちゃん……レフィおねえちゃんと、リューおねえちゃんだけじゃなく、大人組のみんなです。おねえちゃん達は、そういうところ、おにいちゃんに負担掛けたくないって思ってるから、絶対に自分からは何も言わないけどね」

「……そうか」

ただ、それだけを答える俺。

「だからおにいちゃん、もうちょっと、みんなと一人一人の時間を作った方が良いと思います。おにいちゃんがみんなを本当に大事に思っているのは知ってるけど、今は、それをちゃんと態度に出した方が良いんじゃないかな。逆に、おにいちゃんの方から思い切り甘えても良いと思う」

イルーナは、周りがよく見えて、よく気付ける子だ。

だから、この子がわざわざ俺を呼んで、こうやって言うということは……きっとそれは、彼女の言う通りにすべき状況なのだろう。

一応俺も、体調を聞いたり、何かしてほしいことを聞いたり、嫁さんらのことは気遣っているつもりだ。

つもりだが、それでは、足りていないのだろう。

確かに最近、俺は忙しくしている。

だが、それは、言い訳にはならない。

何故《なぜ》なら、俺は、彼女らの唯一の夫なのだから。

皆に頼っても良いだろうし、泣きついても良いだろう。しかし、覚悟を持って夫となった以上、これは俺が果たすべき義務だろう。

義務なんて言うと嫌々やっているように聞こえるが、とにかく、俺のやらなければならないことの一つであることは間違いない。

「……そう、だな。そうするよ。ありがとな、そういうのを事前に、しっかり言ってくれるのは……助かるよ」

「んーん。いいの。家族だもん。わたしは、おにいちゃん達がいないと何にも出来ない子供だけど、でも、わたしでもみんなを見ることだけは出来るから」

……自分達だけで晩飯を作る、なんて言い出したのも、多分俺達の今の様子を見て、なんだろうな。

「…………」

「？　どうしたの？」

「いや……イルーナは、しっかりお姉ちゃんなんだなって思ってさ」

「あー、失礼しちゃうな！　普段、自由気ままなシィやエン、レイ、ルイ、ローを見てるの、わたしなんだよ？」

「すまんすまん。頼りになるなって思ったんだ」

ぷくぅ、と可愛《かわい》らしく怒るイルーナに、俺は笑って謝る。

ウチの子達は、皆自由人だ。

シィやレイス娘達は、言わずもがな。

大人しく見えるエンも、あの子は意思がハッキリしているので、これと決めたものには他者を気にせず邁進《まいしん》するため、物によっては最もあの子が自由人であるとすら言えるだろう。

で、放っておけば自由気ままにどこまでも行ってしまう彼女らを、それとなく纏《まと》めているのは、イルーナなのだ。

「わかった。しっかり顔を見て、ありがとうって言って、甘えるよ」

「ん、それがいいね！　今は、今しかないんだから、大切にしないと」

金言だ。

胸に刻んでおこう。

——この会話一つとっても、やはりイルーナはもう、子供ではあっても、一から十まで俺達が面倒を見なければならない幼い子ではないのだ。

しっかりと、自分の頭で物事を、理非を考えることが出来るのだ。

「……もう、そろそろか」

「ん？」

「——イルーナ。そろそろ、学校に通うか？」

前世とは命の長さが違う世界。

故に学校一つ取っても、人間ならばまだしも、魔族とかのものとなると、『大体同じ年代』という括《くく》りで語られ、同学年でも歳《とし》が違うなどザラにある。

エルフなんかは、五十歳くらい歳に差があっても、同年代の括りだなんて話も聞いたことがある。

だから、イルーナ達をいつか外の世界に出さないといけない、なんて考えていても、「まあまだ先の話だ」なんて思っていたのだが……その先が、もう、来たのだろう。

幼女ならば、安全を考え、家から出さずに家の中だけで学ばせても良いだろう。この世界は、そういう危険な世界だ。

だが少女になったのならば、保護者として、そろそろ先の道を示してあげなければならない。

これもまた、イルーナの……死んだ彼女の両親の代わりに、保護者となっている俺の、果たさねばならない絶対の義務だ。

「！　学校！　前から話してた、レイラおねえちゃんの里の？」

「あぁ、羊角の一族の里の、だ。まだそこまでは繋《つな》がってないが、魔界王都まではダンジョン領域の道が広がってて、近い内に繋げられるとは思う。だから、毎日ちゃんとここへ帰って来られるようにはする」

「あれ、レイラおねえちゃんの話だと、あそこって寮みたいなのもあるんでしょ？」

「あぁ。もしかしたら、寮生活ってことになる可能性もある。けど、普通に自宅から通えるようにはしておきたいんだ。俺か、もしくは他の大人組の誰かが、何があってもいつでも迎えに行けるようにな」

「おにいちゃんは心配性だなぁ」

「家族だからな。それくらいは、したいのさ」

そう言うと、彼女はクスリと笑う。

イルーナ達の学校として、考えているのは羊角の里のものだ。

あそこは、この世界の教育機関において、トップレベルに設備も人も揃《そろ》っている。色んなことを学ばせる場としては、最も適しているはずだ。

その辺りのことは、ウチの大人達と、特にレイラに話を聞いたり相談したりして、すでに決めてある。

「それに……イルーナを送るとなると、俺としては一緒に他の子らも送りたいからな。となると、ダンジョンにすぐ帰れるような環境は絶対必要なんだ」

「あ、そっか、シィとレイスの子達って、ダンジョンからあんまり長く離れられないんだっけ？」

「そうそう」

イルーナを学びに行かせるのなら、一緒にシィとエン、レイス娘達も行かせたい。

だが、その中でシィとレイス娘達は、『ダンジョンの魔物』だ。

ダンジョンの魔物は、一日二日、一週間くらいならばダンジョンから離れていても何も問題はないが、しかしそれがもっと長い期間になると、弱る。

ダンジョンが、俺達へ常に供給し続けている力が途切れるからだ。

ダンジョンの魔物は、ダンジョン内部にいる間一切食べずとも餓死しないが、外に出ればその限りではない。

そのことは、最初にダンジョンから埋め込まれた知識で知っているので、どちらにしろ扉はあそこの近くに一つ設置するつもりである。

ダンジョンの魔物に、教育なんて必要ないと言えば必要ないし、これが俺のエゴだと言われれば、その通りなんだがな。

……つっても、シィ達はまだ、良いのだ。

彼女らならば、たとえダンジョン外に行こうと、毎日面白おかしく過ごせるだろうし、勉強嫌いのシィでも、何だかんだ学校に行ったら楽しく過ごすと思うのだ。

スライムとレイスという、魔物としか評しようのない種族であっても、羊角の一族の里ならば、いや羊角の一族の里だからこそ、嬉々《きき》として受け入れてくれるであろうこともすでにわかっている。

では何が問題かと言うと、それは――エンである。

恐らくあの子は、この話に納得しない。嫌だと言うだろう。

何故なら彼女の種族は、『魔剣』だからだ。

学校に行くとなると、きっと彼女が俺に付いてあちこち行く機会は、非常に少なくなる。

だがあの子は、自らが『剣である』ということに自負を抱いている。

剣とは、それを扱う者がいて、初めてその本分を発揮することが出来る。

本分を発揮し、そして、自らの使用者を戦いから守るのだ。

だから彼女は、俺から離れるのを嫌がるし、俺自身彼女がいてくれないと戦えない。

色々武器は作ったりしてるが、俺の主武器は、エンだけなのだから。

……けど、良い機会、かもな。

エンは剣だ。

しかし、意思を持ち、肉体も有するようになった。

である以上、彼女はもう、『ヒト種』だ。ただの刀というだけではなく、ヒトになったのだ。

ならば、やはり俺としては、彼女に一度はヒト社会を学ばせたい。

「……エンをどうやって説得するかな」

その俺の言葉で、イルーナも俺が何を悩んでいるか悟ったのだろう。

「エンが怒ったら、仲裁はしてあげるね」

「イルーナさん、こちらとしては、怒る前に仲裁してほしいのですが」

「うーん、エンってそういうところ、結構頑固だから、どっちにしても怒るだろうし……とりあえず頑張って、おにいちゃん！　ファイト！」

「……まあ、頑張るけどよ」

両手を挙げて応援するイルーナに、俺は苦笑を溢《こぼ》したのだった。

君の成長が、俺は……涙が滲《にじ》む程、嬉《うれ》しいよ。

◇　◇　◇

——夜。

ローガルド帝国、帝都『ガリア』。

月も出ていないような、深い闇の中。

そこを、進む集団がいた。

その者達は、皆鎧《よろい》を身に纏っているにもかかわらず、騒がしい金属音は魔法によって完全に除去されており、足元すら覚束《おぼつか》ない闇《やみ》の中を最小限の明かりのみで進むその姿からは、確かな練度を感じさせる。

常に周囲警戒を怠らず、闇の中から何が出て来ようが即座に対処可能な陣形と索敵態勢が整えられ、高級住宅街の街並みを進んでいく。

貴族が多数住んでいる区画であるため、警備の兵達なども要所に置かれていたが、それは問題にはならない。

彼らは集団が見せた身分証代わりのシギルを確認すると同時、何も言わず、制止せず、素通りさせていた。

——集団の正体は、ローガルド帝国第一・第二騎士団。

つまり、近衛《このえ》騎士達である。

「隊長、周辺一帯の確保、完了しました」

「対象が自宅にいることは確定です。護衛等は、一切確認されておりません」

やがて辿《たど》り着《つ》いたのは、一軒の邸宅。

大きくはあっても、あまり華美な装飾はされておらず、どことなく品の良いような造りとなっている。

彼らの総指揮官は、ヘルガー＝ランドロス。魔戦祭に向け、ユキと共に競技への対策を練っている男である。

本来、このような捜査、対象の確保、といったことは憲兵の仕事であり、近衛騎士の仕事ではない。

だが、今回だけは万全を期すために、国内において最高戦力である彼らが、ここまで出張って来ていた。

第一騎士団は、『屍龍《しりゅう》大戦』以前よりローガルド帝国に存在しているが、第二騎士団はその大戦後に、『他種族混合部隊』を求めた王達によって、つまりは政治によって組織された部隊である。

だがそれも、いずれは第一騎士団に吸収されて一つとなることが決定しており、そのため彼らの総指揮官は、皇帝たる団長になる――というのが、表向き。

実質的な団のトップは、現在の近衛を差配している、第一騎士団副団長であるヘルガー＝ランドロスが務めることが決定している。

それは、ヘルガーが、国の様々な『裏』を知っている身であるからだ。

前皇帝シェンドラが密《ひそ》かに立ち上げ、彼の治世が終わった現在においても、陰から国を守り続けている密偵組織『アーベント』。

ヘルガーはその一員であり、今回の作戦行動に関しても、そこからの情報によって計画を立てていた。

「よろしい。一班、二班、突入用意。三班、裏口の確保を。四班は周辺の警戒だ。念のためもう一度確認しておくが、仮に目標に抵抗された場合であっても、殺害は許可されない。必ず身柄を押さえろ」

『ハッ』

部下達の返事を聞き、ヘルガーはコクリと頷《うなず》き、言った。

「行くぞ。――突入ッ!!」

その合図の後、邸宅の敷地内へと一気に突入を開始した彼らは、まるで一つの生物であるかのように有機的に動き、瞬く間に内部の制圧を行っていく。

ただ、事前情報から邸宅には対象とその家族しかいないということがわかっているため、彼らは武力を振るう必要なく、エリアを確保していき――しかして、遭遇する。

夫婦と、その子供が一人。

寝ていたようだが、流石《さすが》に踏み込んできた音で目が覚めたらしく、怯《おび》えた表情の妻と子供を背に守りながら、寝間着姿の男が剣を手に立っていた。

四十代中程。

若干の白髪《しらが》交じりの頭と、刻まれたしわから少し歳《とし》を感じさせるが、それ以上に意志の強さを感じさせる瞳《ひとみ》をした男である。

真っすぐにこちらを見据え、冷静さを一切失わず状況の分析に勤《いそ》しんでいるのが、瞳と表情の色から窺《うかが》うことが出来る。

その顔を確認すると、ヘルガーは彼の持つ剣を警戒しながら、あくまで穏やかに口を開いた。

「アルヴェイロ＝ヴェルバーン議員でありますね？　どうか、無抵抗でいていただきたい。その限りにおいて、我々はあなたに一切の危害を加えないことをお約束いたします。当然、ご家族にも」

「……騎士団、それもその鎧の紋章、近衛か。となると相当の案件だな。わかった、いいだろう」

相手が国に属する者達であり、抵抗は無駄だと悟った男――アルヴェイロ＝ヴェルバーンは、握っていた剣をその場に捨てる。

そして、心得ているとばかりに、大人しく両腕を差し出した。

「では、失礼いたします。ご協力、感謝いたします」

ヘルガーは、持って来ていた手枷《てかせ》を、ガシャンとその両手に嵌《は》める。

怯えた顔の子供がいる前で、事を荒らげたくないという両者の思いによって、捕り物は静かに終了する。

「お前達、そう不安な顔をするな。彼らは信の置ける兵士だ。大人しく従う限りにおいて、危害を加えてくる真似《まね》はせんよ」

アルヴェイロの言葉に、彼の妻は一つ深呼吸すると、コクリと頷く。

「わかりました。無事のお帰りを、待っています」

「フッ、あぁ、ありがとう。――では、君達。行こうか」

そうして、アルヴェイロは脇《わき》を兵士達に固められながら、用意されていた移送用の馬車へと向かって歩く。

家族が見えなくなったところで、彼は口を開いた。

「で、聞かせてもらおうか。近衛が踏み込んできたということは、国政に関する重大な案件に、私が関与していると思われているのだろうが……いったい、私は何の容疑で捕まるのだ？　汚職か？　反国家的言説か？　それとも、敵対派閥から金でも積まれたかな？」

そんな、ある意味で面白がっているかのような言葉に、ヘルガーは答える。

「いえ、アルヴェイロ議員。あなたには、競技場魔物召喚テロ、及び飛行場爆破テロの容疑が掛かっております。そのことに関する事情を、お聞きしたく」

「……何？」

余程、予想外だったのか。

ここまで全く冷静さを失わなかったアルヴェイロは、ぽかんと口を開け、ただそれだけを溢す。

その表情のあまりの自然さを見て、ヘルガーは、部下達の手前顔には出さなかったものの、一人「……あぁ、これは、間違えているかもしれない」と、そう思った。

◇　◇　◇

現在のローガルド帝国は、魔帝ユキを皇帝としているが、彼自身はあくまで名目上のトップであるため、基本方針等は彼ではない他国の王達が決定を下し、全体を動かしている。

だが、王達は、常に国に常駐している訳ではない。

である以上、当然ながら普段の国を回していくための人員は、別で存在する。

――元老院。

指導者たる前皇帝がいなくなった後、実質的な国の運営を行っている者達である。

元老院を構成する議員は、戦争前とは半分ほど顔ぶれが変わっており、派閥の違いにより複雑な関係のところもあるが、しかし『国を運営する』という方向性だけは同じくしており、言わば呉越《ごえつ》同舟《どうしゅう》状態の者達だ。

敗戦の憂き目に遭い、だが少しずつ復興を進め、どうにか今の国内状況まで持って行った彼らは――今、頭を抱えて唸《うな》っていた。

「……競技場、飛行場のテロと来て、次はこれか」

「次から次へと……」

彼らが、頭を悩ませているのは――帝城に押し寄せた者達による、抗議運動である。

「先生を返せぇッ！」

「不当な捜査を許すなァッ！」

「異論があるならば、捜査過程を明らかにしてみせろッ！」

外の門から、彼らの下にまで轟《とどろ》く怒声。

暴動にはなっていない。あくまで抗議運動を貫いている、市民。武器等を持っている訳でもない。

だが、彼らの放つ熱気と圧力は、部隊を展開させておかなければならない程、強まっていた。

一つ対処を間違えれば、これが爆発し、暴動へと変化するであろうことは容易に想像が付く。

彼らの目的は、一つ。

――アルヴェイロ＝ヴェルバーンの解放。

アルヴェイロは、個人で私塾のようなものを開いていた。

そして、その門下生とも言うべき者達が彼の逮捕を聞きつけ、こうして押し寄せてきたのである。

友人知人、アルヴェイロが住んでいた区画の住人。少なくとも二百人程度はいるだろう。

いや、はっきり言って、二百人程度ならば、問題はない。その気になれば、制圧は容易だ。

だが、顔ぶれが良くない。

その中に、高位の軍人や有名な財界人、重要な役職を担っている貴族等までが交じっており、あらゆる方面からの圧力が、元老院に掛かり始めていた。

この様子からして、アルヴェイロ＝ヴェルバーンに人望があることは、よくわかる。

今は、それが、ひどく疎ましい。

そもそも、解放など出来る訳がないのだ。

魔帝ユキ、ドワーフの王ドォダ、そして魔族の王フィナル＝レギネリス＝サタルニアを巻き込んだ、外交問題に発展してもおかしくない程の大事件の捜査にて浮かび上がった者が、アルヴェイロであったからだ。

今、ローガルド帝国において何にも増して解決しなければならない問題は、この事件だ。

そしてこれ以上、他国が手を貸さなければ何も出来ない、などという醜態を晒《さら》す訳にはいかない。

現在のローガルド帝国は、他国ありきで成り立っている。国の頭である皇帝からして、ローガルド帝国人ではなくなった。

敗戦した以上それは仕方のないことであるが、ならば、少しずつでも主権を取り戻すため、自分達の国で起こったことは自分達で解決しなければならない。

全《すべ》てはメンツの問題だ。

メンツを保てなければ、国は、国としてやっていけない。

どれだけくだらなくとも、だ。

そのため、第一容疑者の確保が終わった以上、このままこの国のみで事件を解決したかったが
――そこに来て、この騒動である。

会議は、喧々諤々《けんけんがくがく》だった。

「証拠が挙がっている。ならばもう、大罪人として処刑すべきだ！」

「元老院に届いている苦情と抗議の数を知らんのか⁉　そんなことをしたら暴動の規模がもっと大きくなる！　手綱《たづな》が握れなくなって軍の出動などとなったら、大惨事だぞ⁉」

「議員だった者に容疑が掛かったのだ、下手《へた》に処刑すると証拠隠滅と取られるのでは？」

「弱気過ぎる！　これ以上政府が侮られると、それこそ後々の不利益に繋《つな》がるはずだ！」

「だからと言って拙速に動く訳にはいかないだろう！　積極論は結構だが、何でも果断に動けば良いというものではないのだぞ⁉」

各々から意見は出るも、纏《まと》まらない。

それだけ、今回の事件に対する影響が、すでに強く出ているという証左であった。

アルヴェイロという男の顔の広さが、彼らの想定を、遥《はる》かに上回っていたのである。

元老院議長は、少し押し黙った様子を見せてから、フゥ、とため息を吐き出す。

「……どちらにしても、ここまでの問題の規模となると、我々では判別が付かない。なるべく、国政に関わってほしくないのだが……こうなっては仕方あるまい。まず、魔界王様にご連絡を」

「議長、ですが、それは……」

「元より、この件は他国の者を巻き込んでいる。である以上、『協力してテロに対処した』という形にした方が、この国のためになろう。幸い、第一容疑者は我々で確保出来た。これで、最低限の我々のメンツは確保し得たと考える。最善ではないが求め過ぎると失敗するだろう。異論はあるか？」

異論は、出なかった。

――想定通りの会議の流れになったことに、その時、その男は小さく笑みを浮かべていた。

◇　◇　◇

「……何で？」

部下の報告に、魔界王フィナルは若干の不機嫌さを見せながら、問い返す。

「ハッ、連絡はするつもりだったが、犯人が逃げる可能性があったため、やむを得ず先に行動に移した、という謝罪が来ております。どうやら、少しでもローガルド帝国の立場を改善すべく、今回の件で主導権を握りたかった模様です」

「動いたのは近衛《このえ》の子達だって？　そっちから報告は？」

「届いております。ただ、元老院からの指示で、本当に緊急で出動が決まったため、連絡が遅れた模様です。こちらからは、より丁寧な謝罪の言葉が」

「はー……なるほど。その近衛の子達の対応まで見越しての動きなら、大したものだね」

「他の議員の方はわかりませぬが、現元老院議長は、そこまで考えていた可能性もあるかと。我々との交渉においても、随所で見事な調整を見せております。特に、対象の確保後、捜査の舵《かじ》をこちらに渡すタイミングなどは、迅速であったと評価せざるを得ません」

魔界王達が文句を言えず、それでいて自分達の手柄も主張出来るような、絶妙な調整。

暴動一歩手前の抗議運動が起き、元老院の手に負えなくなったからこその動きであるが、むしろ厄介ごとを押し付けるには、素晴らしいタイミングであったと言えるだろう。

面倒なことを、という若干の不機嫌さを見せていた魔界王は、相手側の手口の巧妙さを聞き、今度は面白いものを見たという表情に変わる。

「ふむ……ま、彼らも国家を運営してるんだもんね。これくらいはしてくるか。対象を捕らえられたんだったら、それで良しとしよう。——こういうやり合いは、僕ら魔族は大いに学ぶべきものがあるかな。全く、人間の組織力の強さを垣間《かいまみ》見た気分だよ」

「私としましては、些《いささ》か面倒だという思いが拭《ぬぐ》えませぬが……」

「ダメだよ、それは魔族的な価値観だ。今は僕らが勝者でも、学ぶことを怠ればあっという間に敗者に変わる。他種族との交流が増えている今、僕らが勝者としてあり続けるには、魔界の『外』を学び続けなければならない」

「ハッ、心しておきます」

——飛行場でのテロに巻き込まれて以来、フィナルはフィナルで、慎重に情報収集を行っていた。

今回の敵の行動に、作為が見られたからである。

作為がある、ということは、敵にはこちらに仕掛けたい何かがあるということ。

それは、得られる情報の全てが、必ずしもその通りのものではないということを意味する。

だから、フィナルもまた、アルヴェイロが重要参考人であるとは判断しても——それを『クロ』とまで見なすことはしていなかった。

対象の確保へ勝手に動かれたことに、最初若干の苛立《いらだ》ちを見せたのは、それが理由である。

アルヴェイロ＝ヴェルバーン。

前皇帝シェンドラの時代から元老院議員を務める、穏健派の貴族。

議員としては中堅どころで、何か特別な役職を持っていた訳ではないが、個人で私塾を開いており、そのため思想家として政財界への少なくない影響力、様々な方面での知己を持つ。

前皇帝シェンドラと、個人的な交友関係があったことも確認が取れており、もう数年議員を経験すれば、議長などの重要職も担えるだろうと目されていた。

屍龍《しりゅう》大戦時は指揮官の一人として戦争に参加していたが、敗戦以降、現在の政府形態に対する批判が見られており、そのため諜報《ちようほう》組織からも、それとなくマークを受けていた。

そして、競技場及び飛行場での現場の調査を続け、浮かび上がったのが、この議員である。

まず、魔物を送り込んだと思われる、『転移の短剣』。

この武器の出自は未《いま》だ調査中であるのだが、競技場の方では、資材搬入の時点でこの短剣を資材の中に紛れ込ませていたと考えられており、動きを探っていく内に、港で資材を保管していた際に一度、アルヴェイロがその資材倉庫へ訪れていることがわかったのである。

犯行の、二日前のことだ。

転移の短剣は、その希少性から恐らくダンジョンによって生み出されたものであるとユキによって伝えられているが、ということはその存在を知り、扱える者は政府高官に限られる。

最初にアルヴェイロの名が挙がったのは、これが理由であった。

また、飛行場における爆破については、ローガルド帝国の第三武器倉庫にて紛失した爆薬が使用されたと目星が付いているのだが、その倉庫のアクセス記録にも、アルヴェイロの名があったのである。

巧妙に隠されていたが、事件の起こる一週間以内に彼が武器倉庫へ向かったことは間違いなく、他のアクセスは三か月遡《さかのぼ》っても無し。

倉庫管理の兵士はいるため、その者の調査は行われているものの、現時点ではシロと見られており、そのため相対的にアルヴェイロに対する嫌疑が深まっているのである。

証拠、思想、行動、その全てで怪しいものが、アルヴェイロにはあった。

だからこそ、フィナルは思うのだ。

嵌まり過ぎている。

まるで、全てが用意されたかのような違和感が拭えない。

「他には何かある？」

「一つ、ローガルド帝国の第一騎士団副団長から。確証がある訳ではないようですが……『もしかすると、間違えたかもしれない』、と」

「……へぇ。随分と気になる言葉だね」

フィナルは、しばし黙考してから、口を開いた。

「とりあえず、会ってみるかな」

「では？」

「アルヴェイロ議員との面会を。あ、ついでにユキ君にも連絡して」

◇　◇　◇

「——で、どうなったんだ？」

「一応クロっぽい子は見つかったよ。捕らえたのは、アルヴェイロ＝ヴェルバーンという議員。色々と捜査を進めた結果、限りなくクロに近い者として浮かび上がった子だね」

俺の問い掛けに答えたのは、フィナル。

現在いるのは、ローガルド帝国の、帝城。

例のテロ事件に進展があったそうなので、話を聞きに来たのだ。

ここ数日、存分に英気を養ってきたので、やる気は十分だ。イルーナの助言通り、メッチャ嫁さんらに甘えてきたからな！

「……その言い方だと、お前はそうは思ってないのか？」

「おっ、鋭いね。うん、僕はどうも、違う気がしててねぇ。だから君と一緒に、それを確かめてみようかと思って」

「じゃあ、今向かってるのは」

「その子のいるところ、さ」

カツン、カツン、と、無骨な石造りの階段を下りて行き、やがて辿《たど》り着《つ》いたのは――牢《ろう》。

そこにいるのは、見張りらしい兵士が二人と、そして、手枷《てかせ》を嵌《は》められた、中年の男。

この男が……。

捕らえられて時間が経《た》っているのか、無精ひげが生え、着ている服も若干くたびれ、多少の疲れが表情に見える。

だが、特筆すべきは、その疲れの中でもなお圧力を放っている――目、だ。

俺が何度か見たことのある、確かな意志と覇気を放つ瞳《ひとみ》。

……なるほど、クロと言われて、納得してしまいそうなだけの存在感があるな。

と、男はやって来た俺達に気付くと、一瞬意外そうな顔をし、そして深々と礼をした。

「……ほう。魔帝陛下、魔界王様、お初にお目にかかります。このようなみすぼらしい姿での挨拶《あいさつ》となってしまったこと、ご容赦いただきたく」

どうやら向こうは、俺達の顔を知っていたらしい。

「君をそこに入れている側だからね、それは気にしないさ。君が、アルヴェイロ君だね？」

「ええ、アルヴェイロ＝ヴェルバーンと申します。このようなところまでお越しになられたということは、何か私に用が？」

「うん、色々聞かせてもらおうかと思って。――率直に聞くけど、君、テロ起こしたの？」

「おう、フィナル、ド直球に斬り込んだな」

「お互い何の話をするかわかってるのに、言葉を濁す必要はないだろうさ」

さいで。

「フフ、本当に、単刀直入ですね。では、私も率直に。――私ではありません」

アルヴェイロは、そう、ハッキリと答えた。

フィナルは、さらに問い掛ける。

「でも君、今の政府の形、納得してないんでしょ？」

「それは、否定しませせぬ。他国の者がこの国を差配するのは良しとしましょう。敗戦した以上、そこは受け入れねばなりません。ですが……国のトップに他国の者が付いている状況は、間違っている。それでは、この国は前に進むことが出来ません」

そう言って、アルヴェイロは俺を見る。

本人がいるところで、言うじゃねぇか、コイツ。

「俺に皇帝になれっつったの、お前らの前皇帝だけどな」

「存じております。ですが、失礼を承知で申させていただければ……皆様は、人の愚かさを、わかっていないのです。こうするのが最も効率的だ。だから、こうすべきだ。そのように合理的に考えられる者は、少ないのですよ」

男は、言葉を続ける。

「皇帝とは、この国の象徴です。である以上、それを他国の者に明け渡したまま、という状況は受け入れてはならないのです。とはいえ、それは我々の側の論理。あなた方からすれば、何を調子の良いことを、と思われるでしょう。ですから、今すぐ、ではなく、今後十数年掛けて交渉を続け、政権交代へと至る道を模索しておりました」

……言いたいことはわかるな。

ローガルド帝国人がそれを求めるのは、至極、道理だ。

「じゃあ、もう一つ。資材保管庫と武器倉庫、君つい最近入ってるよね。それに関しては何か弁明あるかい」

「さて、一身上の都合故」

「へぇ……一身上の都合」

「えぇ。テロとは関係ありません」

疑われているのがわかっていながら、自分の立場を悪くするとわかっていながら、一身上の都合、か。

——その後も、フィナルによる尋問が続く。

本人は、犯行は自分ではないと言っている。

だが、今の政府ではダメだという、体制に対する不満も見られる。

転移の短剣を紛れ込ませたと思われる資材保管庫、そしてテロで使用された爆薬の出所と思われる、帝国の第三武器倉庫にも、テロが起こる少し前に足を踏み入れている。

そのことに関しては、黙秘。

……確かに、話を聞く限りでは超怪しいな。

それに、話していてわかったが、コイツは恐らく、それが真に必要と判断すれば、やる。

実行に移すだけの意志と能力が、話していても感じられる。

仮に本人がどれだけ善良で、「テロなどクソだ」と考えていたとしても、出来るか出来ないかで言えば、出来るのだ、コイツは。

隣の魔界王、前皇帝シェンドラ、大戦で死んだクソ赤毛、ネルの上司の女聖騎士団長カロッタ。

そういうヤツらと、同じものがこの男からは感じ取れるのである。

聞きたいことを、一通り聞いた後、一旦《いったん》俺達はアルヴェイロから離れる。

「……なるほどな。限りなく怪しいが、それでもお前は、あの男が犯人とは思っていない」

「うん、彼の周りのどこかに、テロ実行犯がいることは間違いない。でも、それは彼ではないように思う。今回の事件には、全《すべ》ての動きに裏を感じられる。それはつまり、敵による作為がそこにはあるということ。だとすると、アルヴェイロ君が犯人だというのは――」

フィナルの言葉を、俺が続ける。

「あからさま過ぎる、って？」

「そう、そうなんだ。彼が犯人ではないという証拠はまだないけれど、けど犯人とするには、お膳《ぜん》立《だ》てされている感じが拭えない。ただそれに加えて、アルヴェイロ君自身にも何か、隠しているものが感じられる。わかることは、複雑に物事が絡み合っているってことさ」

確かに何かは隠してるだろうな。

特に資材保管庫と武器倉庫の件など、何かあったと自分から白状しているようなものだ。

自分の立場を悪くしても隠したい事情が、そこにはあるのだろう。

「……快刀乱麻を断つ、とはいかないか」

「そうなんだよ。ちょっと困っててね。だから君に、協力してもらおうかと思って」

「俺にこういう面で出来ることがあるとは思えんが」

「いやいや、君だけにしか出来ないことがある。具体的には、アルヴェイロ君を、彼に会わせたくてね。どうやら、仲が良かったみたいだから、色々話を聞けるんじゃないかと思って」

「……！　あぁ、なるほど」

得心行った俺に、フィナルもまた、企《たくら》むような、愉快げな笑みを浮かべる。

そう言えば俺達には、一枚……鬼札があったな。

◇　◇　◇

――牢での面会の後。

フィナルの手続きによってアルヴェイロを一時牢から出した俺達は、そのまま外へと連れ出した。

向かった先は、魔界。

魔界王都への扉も設置が完了している今では、ローガルド帝国から魔界、という行き来はいつでも可能なのだ。

つっても、こっそり、だがな。

罪の確定していない者を、いや罪が確定していても、勝手に他国に移送するなど、確か前世でも大問題だったはずだ。

これ以上ない主権の侵害だと思われるので、魔界王の部下が総出で小細工をし、一日のみ自由に動ける時間の確保が出来ている。

なので、公的にはアルヴェイロは魔界に来ていないし、実際俺達以外の者は、牢にアルヴェイロが捕らえられたままだと思っていることだろう。

面会などがあっても、魔界王の権限で全てシャットアウト状態だ。

その当人は大分訝《いぶか》しんでいたが、特に抵抗することはなく、大人しく俺達に連れられるまま、付いて来た。

何にも説明していないのだが、扉を潜《くぐ》った後、「もしや、ここは……」、「あの扉……」などと小さく呟《つぶや》いていたので、恐らくここが魔界だということには気付いていると思われる。

そして、そこまでして彼をここへ連れて来た理由は、一つ。

「ま、まさか……こんなことが……！」

色々と事情を知っているであろう者——前皇帝に、会ってもらうためである。

「久しいな、アルヴェイロ。息災なようで何よりだ」

「シェンドラ陛下……ッ‼」

前皇帝の姿を見て、愕然《がくぜん》とした表情を浮かべた後、アルヴェイロはぶわりと瞳に涙を見せる。

「ウッ、くっ……ウゥ、生きて、おいでで……‼」

ダムが決壊したかのように、どんどんと涙が溢《あふ》れ出し、嗚咽《おえつ》を漏らすアルヴェイロ。

その男泣きを、止めることなく、温かな眼差《まなざ》しで見守る前皇帝。

そこには、俺達にはわからない絆《きずな》が、確かに感じられた。

数分後、十分に泣いたことでようやく気持ちが落ち着いたのか、アルヴェイロは「フー……」と一つ深呼吸した後、目を赤く腫《は》らしながら口を開く。

「我々には、ただ処刑したとだけ伝えられ、ご遺体を一目見ることも出来ませなんだが……このような理由が……」

「いや、処刑はされたのだ。『シェンドラ』はすでに死んだ。ここにいるのは、ただの『シェン』。それ戦争責任のある前皇帝が生きているとあらば、私は今度こそ首を括《くく》らねばならんことになる。それに……貴様が相手だから言うが、私はもう二度と国など率いたくはない。悪いが、黙っていてくれるか」

「……ハッ！　畏《かしこ》まりました。陛下がご存命であること、しかとこの胸にのみ、留《とど》めておきましょう。しかし、本当に……よく、生きておいでで……」

「フッ、利害の一致があっただけだ。だが、それこそが信を置ける重要なもの。種が違えど、そこに利と理があるならば、契約は結べるのだ」

「となると、今の陛下の……いえ、シェン様のご職業は、もしや研究者、でありますか？」

「そうだ。朝から晩まで、好きなことを研究し、文献を探り、知識を探求する。皇帝であった時分には考えられなかった、日々の過ごし方だ。楽しいものよ。残していった貴様らには……すまないとは、思っているのだがな」

「いえ、シェン様の今までの苦労を思えば、その程度。文句を言う輩《やから》がおりますれば、その者こそ処断すべきでありましょう」

　本当に満足しているような顔でそう話す前皇帝に、アルヴェイロもまた、再び泣き出してしまいそうな程に、嬉《うれ》しそうな穏やかな笑みを浮かべる。

……多分、皇帝時代の苦労を、両者ともよく理解しているのだろう。

どうやら、相当に仲が良かったらしい。

と、そこで、シェンは声音を少し真面目《まじめ》なものに変える。

「で……わざわざ、こんなところまで連れて来られたのだ。どうやら貴様の方は、ちと面倒に巻き込まれたらしいな」

「申し訳ありませぬ、陛下に託された国、十全に治めることが出来ず……」

「新たな試みを行っているのだ、問題の一つや二つ、出て来るのは当たり前だ。その限りにおいて、貴様らは良くやっているだろう。……一番面倒な時期に、国を任せてしまったのだ。だから私も、協力出来ることがあるならば、協力しよう」

「……ですが」

アルヴェイロがチラリと気にするのは、傍らに控えている俺と魔界王。

「この者らは、信じて良いぞ。この者らの第一は自分達と、そして自分達の国であるが、だからと言って余所《よそ》の国を食い物にしようとする程、目先の欲で動くような阿呆《あほう》ではない。無論、甘えを見せればその限りではないだろうがな」

「……その、どこまでも合理的な思考。シェン様は、変わりませぬな」

「変わらんさ。貴様は時折、世人は合理的というだけで全てを納得することは出来ないのだと、私に忠告していたがな。研究者には柔軟さも必要とは言え、理に沿った思考が出来ぬ私は、もはや私ではない。それは『シェンドラ』が『シェン』になろうが、変わらん」

その物言いに、アルヴェイロは諦《あきら》めたような苦笑を一つ溢《こぼ》すと、頷《うなず》いた。

「……畏まりました。シェン様がそう仰《おっしゃ》るのならば。――魔帝陛下、魔界王様。今までのご無礼、平にご容赦を。私がお話し出来ることは、全てお伝え致しましょう」

「助かるよ。多分、君も何か、事情があるんだろう？」

「ええ。そうですね……ではまず、私が資材保管庫、第三倉庫へ足を運んだ理由から、お話ししましょう。――私が、あなた方へお話し出来ぬお方に、お呼び頂いたからです」

その、謎かけのような言葉で、魔界王の方はピンと来たらしい。

「そうか、となると、今ローガルド帝国で暗躍してるのは……」

「うむ、この者が『言えぬ』と言うならば、その相手は一つだ」

シェンは、言った。

「――皇族よ」

……なる、ほど。

お話し出来ぬお方、か。

この男の忠誠心が高いのであろうことは、ここまでの様子でよく理解出来た。

相手が皇族となれば……たとえ自分の立場をどれだけ悪くしたとしても、話せない、という訳か。

「ただ、魔界王。皇族が暗躍している、というのは恐らく違う。関与はしているだろうが、計画を立てた者は他にいると思われる。あの者らには、そういうことをするだけの能力がない。私がそのようにした、という面もあるが」

「……そうか、そうだろうね。僕も、元々君から国の話を聞いていたから、今までその可能性を自然と排除してしまっていたくらいだし」

「どういうことだ？」

俺の問い掛けに、シェンは答える。

「恥ずかしながら私の身内どもは、長い年月で権力に溺《おぼ》れ、完全な愚物に成り下がっておってな。このままこの者らをのさばらせていたら国が崩壊すると思って、権限を丸々没収し、半分程を粛清したのだ」

「しゅ、粛清」

物騒な響きだ。

「何を驚いている？　私でなくとも、そうだな……そこの魔界王ならば、必要とあらばやるだろう」

「そうだねぇ。妻とかが相手なら話は変わってくるけど、本当に邪魔になっちゃった子なら、身内でも……ま、切るかな」

あっけらかんとした様子で言い放つ、シェンと魔界王。

……まあ、王達にそういう気質があるのは、俺も知っている。

大多数を救い、導くのが王の役目。

だがそれはそれとして、時には少数を切り捨てなければならない。

少数が窮地に陥ろうが、死のうが、必要ならば、見捨てる。

そういう『決断』の出来る者が、上に立つ者の器には、必要になってくるのだろう。

一から十の全《すべ》てを拾うために行動はしなければならないが、実際にそうするのは不可能だからだ。

「だから、今の皇族に軍を動かす力もなければ、司法を動かす力もない。計画を立て、実行に移す能力もない。『神輿《みこし》』にはなれても、それ以上は無理だな。私の影響力が少なくなってきたところで、何かしようとするだけの半端な頭はあったようだが」

酷《ひど》い言い種《ぐさ》である。

が、恐らくこの男がそう言うのならば、そういう輩だったのだろう、コイツの身内は。

そういや、確かに今までローガルド帝国で、皇族なんて一度も話に上って来なかったが、それはシェンによって粛清された後だったからなのか。

「……ってこたぁ、そこのアルヴェイロを今回の件に巻き込んだのは、アンタの元派閥の力を削《そ》ぐため、か？」

「恐らくその面もあるだろう。私はすでに死した身だが、私の派閥だった者が全員死んだ訳ではない。である以上、その影響力は必ず残る。そして、この者は我が派閥の柱と言うべきだった男。そんな男が国家を揺るがすテロを画策し、実行したとあれば、『残党』と言うべき我が派閥の壊滅は、免れん」

褒めるような言葉だが、その当人であるアルヴェイロの方は、苦い顔だ。

自分のせいで、そうなりかけている、という自責の念があるのだろう。

「ふむ……なるほど、大体見えてきたかな。アルヴェイロ君は恐らく、ただ、呼び出されただけだったんだね。で、その相手は皇族。何を言われたのかは……」

「……申し訳ありませぬ。私ではお話し出来ぬ方々の、内部に関する話故、言えませぬ。しかし私は、自らにテロ容疑が掛かっていると聞かされた時、それが思いもよらなかったと、明言致しましょう」

ということは、その時話したのはテロとは関係ないものだったってことか。

が、状況から見て、相手は初めからアルヴェイロを嵌《は》めるつもりで呼び出したことになる。

「この男は、この通りだ。意志と能力はあるが、頭が固いのが一つ難点でな。昔から全く変わらんから、この男の口を割ることは諦めよ。――が、私は別だ。恐らく、という相手は頭に幾つか浮かんでいる故、伝えよう。その手足の方にも、心当たりがある」

「助かるよ。悪いね、国を離れたのに、巻き込んじゃって」

「いや、今回のこれの半分くらいは、私への復讐《ふくしゅう》のような気もしているからな。元皇帝として責任があると言われれば、正直否めん。あの愚物どもならば、そういうことを考えかねんのだ」

そこで、俺も口を挟む。

「アンタの言う通りの人間どもだったのなら、ムカつくヤツが死んだら『よっしゃあ、ざまあみろ』で終わらず、『ざまあみろ、せっかくだから嫌がらせしてやるか』くらいは考えるんだろうな。頭を押さえつけていたものが無くなった訳だし」

「フッ、まさにそんな感じだろう。仕返しならば私本人にすれば良いものを、あの戦争が終わるまでついぞ手出しをして来ず、で、私がいなくなったらこれだからな。恨まれることをやった自覚はある故、私本人に嫌がらせをしてきたならば、存分に相手してやったものを」

「いや、俺だってお前みたいなのを相手にするのは嫌だけどな。なぁ、魔界王」

「はは、あぁ、そうだね。シェン君の相手をするのは、あの戦争の一回こっきりでもう十分かな。賭《か》け事《ごと》とか一緒にやったら、瞬く間に破産させられそうだし」

「何だ、不甲斐《ふがい》ない。今持っている財布を空にするくらいで許してやるというのに」

「それは許されてねーんだわ」

そんなやり取りを交わす俺達に、何だか嬉しそうな表情を浮かべるアルヴェイロ。

「そうか……シェン様にも、心を許せる、共に並び立つことの出来るご友人が、出来たのですね」

「……貴様、その物言いだと、私がとんでもなく寂しい奴《やつ》のように聞こえるだろう。やめろ」

「フフ、えぇ、失礼致しました。ただ、やはり、嬉しいものです。私どもでは、シェン様の部下になることは出来ても、決して対等な立場となることは出来ませんでしたから。国を挙げて戦った相手という、何とも奇妙な縁ではありますが……」

「フン……ま、今の私は、それこそ『余生』という言葉が相応《ふさわ》しい人生を送っているからな。気楽にやっていることは、否とは言わんよ」

「堅物であられました陛下が、その点ではお変わりになられた、ということですね」

「皇帝という立場では、ロクに冗談も言えんからな。本来の私は冗談好きだったのだ」

「それはそれは、ご冗談を」

俺達は、そのやり取りにしばし声をあげて笑った後、魔界王が少し声音を変え、真面目な様子で言葉を続ける。

「よし、解決への糸口は見えたかな。皇族が関わっているのは厄介だけど、ならばそっちに触れず、手足を切り落とすとしようか。シェン君の情報通りなら、それが一番かな」

「あぁ、私でもそうするだろう。手足を飛ばし、何も身動きが出来なくさせ、後程面倒な神輿を処理すると良い。具体的には、競技会が終わった後に処理、だな」

「怖い二人だ。お前らが揃《そろ》って悪巧みしたら世界の掌握も簡単そうだな」

「掌握したところで、維持出来ねば意味がない。国一つだけで、手に余るというのに」

「全くだよ。魔界で手一杯のところに、ローガルド帝国のことまで考えなきゃいけなくなったから、今の僕は仕事が盛りだくさんだ」

「出来ないって言わない辺りが、お前らしいよ。——と、そうだ、皇族対策っつーので、一つ思い付いたものがある。前から考えてたことなんだが……あとで相談させてくれ」

「？　ん、わかった」

前から考えていた案を、俺は、相談する。

◇　◇　◇

魔界にて、シェンにローガルド帝国の詳しい内情を聴いた後。

帝国へと帰り、バレない内にアルヴェイロに牢《ろう》へと戻ってもらう。

色々偽装しまくり、小細工をしたおかげで、ローガルド帝国を出ていたことは一切気付かれずに済んだようだ。

その後、数日掛かったものの、魔界王が『事情聴取』という名目でアルヴェイロの身柄を預かることになり、条件付きだが多少自由に彼が動けるようにしたようだ。

暗殺されたりしないよう、常に護衛を付けることにはなったそうだがな。

普段は人間達のメンツにも配慮を見せる魔界王だが、こういう時に遠慮なく強権を発動させるのは、流石《さすが》といった権力の使い方である。

——敵の目星は、シェンによってある程度見えた。

少なくとも、明らかな害意を持っているであろう者のリストは、完成した。

だが問題は、それを俺達が裁くべきではない、という点にある。

相手に、『皇族』という、国の要《かなめ》とも言える者達が交じっているからだ。

今、ローガルド帝国の支配者は俺達である。

しかし、人々の心まで共にある訳ではない。

大戦争の責任のあった前皇帝はともかく、仮に俺達が今、皇族にまで手を出した場合、大きな反発が出る可能性があるというのが、魔界王やシェンの予想である。

前世の歴史をそれなりに知っているので言えることだが……その想像は、正しいだろう。

大戦で日本が負けた時の、処理のされ方とかを見ればな。

王室や皇室には、基本的には他国の者が触れるべきではないのだ。

アルヴェイロが、自身がハメられたことを理解しながらも、一切それを匂わすような発言をせず、シェンに言われてようやく少し明かしたところから見ても、それはよくわかる。

そうである以上、この問題はこの国の者達で解決すべきであり、だがその司法を動かすトップは俺達。

だから——一つ、策略が必要となる。

そのために、今俺達が求めるものは、時間だ。

これ以上の新たなテロを起こさせず、そして迅速に魔戦祭を開催するために。

……当初は、多くの種族の者達で行う、『平和な闘争』とでも言うべきものが目的だった訳だが、ここに至って随分その目的が変わっちまったな。

「――っつー訳で、もう何で俺がこんなことに頭悩ませなきゃなんねぇんだって毎日よ。改めて思うが、アンタらすごいな、本当に。権限なんて全くないと言っていい俺ですらこんな感じなのに、実際に全責任を負って国を回してる王達は、半端ねぇわ」

俺は、ローガルド帝国帝城の、応接室の一つで、ため息交じりにそう話す。

「はは、うむ、私もそうして悩み続ける日々さ、実際にな。王を辞める王を辞める、と言い続けているのに、色々あったせいで、結局その機会を逃し続けてしまっているし」

応《こた》えるのは、ネルが勇者をやっている国、アーリシア王国の国王、レイド。

外交のため、つい数時間前に飛行船に乗ってこの国へとやって来たのだ。

念のため、護衛としてネルも付いて来ており、さっきまで一緒にいたのだが、今は少し外してもらっている。

以前から、もう何度も王を辞めると言い続けていたはずの彼は、だが世界のうねりの中に取り込まれたことで、ついにその機会を逃してしまったらしい。

一国の王として大戦に参加して勝利し、他種族との交流が大幅に増え、飛行船で空路が繋《つな》がったことが理由で、今まで直接繋がりの無かった国との国交も新たに生まれ、それらの重大な案件を捌《さば》き続けてきたがために、辞めるに辞められなくなってしまったようだ。

次代国王はすでに決まっており、少しずつ引き継ぎも行っているそうだが、今の情勢が落ち着くまでどうしようもないと見られているようで、少なくとも数年は王のままでいることが確定していると聞いている。

最後に実績が増えて、嬉《うれ》しいのは嬉しいが、気苦労の方が多いとさっき苦笑していた。

「もう魔境の森に引っ込んで、ただの魔王に戻ってのんびりしたいところだわ。やっぱ、ヒト社会は面倒過ぎる」

「……私としては、そう言ってしまえることの方がすごいと思うがな。皇帝か魔王かの二択とは、何とも剛毅《ごうき》なことだ」

「意外と過ごしやすいぞ、魔境の森は」

「馬鹿言え」

俺とアーリシア国王は、そう言って笑い合った。

「さて、そろそろ本題に入ろう。――教えてくれるか、貴殿らが今考えている、悪巧みを」

「あぁ、これを頼めるのは、アンタだけだ。人間で、国王で、しかも王族という立場のあるアンタに、協力してほしい」

そうして俺は、魔界王と練っている今後の展望を彼に話す。

――俺が、皇帝をやめるための算段を。

◇　◇　◇

「──お疲れ、ネル。こういう形でお前と会うのは、何だか新鮮な感じだな」

「そうだね、おにーさんとは何度か仕事を一緒にしたことあるけど、こうやってお互いが別々の仕事をしてる時に会うのは……ちょっと面白い感じだね」

国王レイドとの話が終わった後、少し時間が出来たため、俺は彼の護衛としてやって来ていたネルと、二人でゆっくり雑談を交わす。

場所は、帝城に数多《あまた》存在している談話室の一つ。

俺があまりそういうのが好きじゃない、というのをここの人らももうわかっているため、そこまで豪奢《ごうしゃ》ではない、ちょうどいい広さの部屋を用意してくれ、執事とかメイドとかそういう人らもいない。

つっても、恐らく呼べばすぐ来てくれる体制にはなってるんだろうけどな。

「ここの人達、僕を皇帝の奥さんとして扱うのか、国賓として扱うのかで、大分悩んでたみたいでさ。なんか、僕の方が申し訳なくなっちゃって、普通の護衛相当の扱いにしてもらったんだ」

「はは、確かに今のお前の扱いは、困りそうだな。それでさっき城の人らが悩ましそうな顔してたのか」

「ちょっと、その言い方だと、僕がヤバい奴《やつ》みたいなんだけど？」

「胸に手を当ててよく考えてみなさい」

「……うん、おにーさんよりマシだから大丈夫！」

「おい？」

素直に胸に手を当てて出て来た言葉がそれか？

「あはは、ウソウソ。僕もおにーさんも、同じくらいの感じだよね！」

「それはちょっと……」

「あれ？　そこで裏切る？」

あれ、という顔をするネルに、俺は笑う。

「いやぁ、お前と話してると、疲れが吹っ飛ぶな。お前を護衛として連れて来てくれた国王に感謝だぜ！」

「そう。おにーさんが元気になってくれたなら何よりだけど、今の会話で元気になられたなら、僕としてはちょっと複雑だよ」

「お前の複雑そうな顔も、俺は好きだぜ！」

「おにーさん、そう言っておけば全《すべ》てが誤魔化《ごまか》せる訳じゃないからね？」

そう軽く冗談を交わした後、俺は我が妻へと問い掛ける。

「ネル、時間はあるんだな？」

「うん、レイド陛下が、しばらく自由にしてていいって」

「そうか、なら……せっかく二人きりだし、しばらくこの帝城で、ゆっくり過ごさないか？　どっか、近場に買い物でもいいぞ。何なら武器屋とか」

「！　うん、一緒にゆっくりする！　買い物はー……いいや。一応、仕事としてこっちに来てるからね。城から出るのはやめておく」

「ん、それもそうか」

「だから、代わりに～……」

ネルは、他に人がいないことをチラッと見て確認すると、対面のソファから俺の横に移る。

そして、ポテッと身体《からだ》を倒し、俺の膝《ひざ》に頭を乗せた。

少女の温《ぬく》もり。

「えへへぇ、おにーさんの膝枕《ひざまくら》！」

「何だ、そんなのでいいのか？」

「うん！　今は、レフィとリューが大変で、家だとおにーさんに甘え難《にく》いからね」

……なるほどな。

「アイツらなら、別にそんなこと気にしないと思うぞ？」

「うん、僕もそう思う。でも、こっちがちょっと気にしちゃうんだ。だから……その分、今いっぱい甘えちゃおっかなって！」

下から俺を見上げ、にへへ、と笑うネル。

お前はいちいち可愛《かわい》いヤツだな。

「ではお嬢様、お紅茶でもお入れしましょうか」

「うむ、良きにはからえ！　……やっぱり紅茶じゃなくてお茶がいい！」

「そうかい。なら、ここに取り出しますは、レイラ印のお茶！　アイテムボックスのおかげで、いつでも淹れ立てほやほや！　さらに、レイラ印のお茶菓子！　こちらも焼きたてほやほやで、いつでも香ばしい香りを振《ふ》り撒《ま》くぜ！　ま、冷めても美味《うま》いがな！」

「あはは、こんな豪奢なお城にいて、わざわざ家から持ってきたお茶とお菓子を用意するなんて、きっと僕達くらいだろうね」

「レイラの作るものが何でも美味いからしょうがないな」

アイテムボックスから水筒と菓子類、そして皿とフォークを取り出し、机に置くと、ネルもまた身体を起こす。

この部屋にも皿やコップなんかはあるのだが……なんか、どれも明らかな高級品で、使う気にならん。

一応、今は俺の城、と言っていい場所なのかもしれないのだが、なんかやっぱ余所《よそ》の家という感じがして、遠慮してしまうのだ。

傍若無人で悪逆非道な魔王を目指していたはずだが……フッ、俺もまだまだだな。

もっとこう、城勤めの使用人達を顎《あご》で使って……うーん……無理だな。普通に自分でやりたくなりそう。

「ねね、おにーさん、おにーさん」

「はい、あーん」

「ん……美味《おい》しい！　よくわかったね、僕の言いたいこと？」

「そりゃ、お前の夫だからな」

　お前は結構、甘えるのも甘えられるのも好きだから、こういう時にしてほしいことは、大体想像が付くのだ。

「んふふ、そっか。じゃあ、おにーさんも、あーん」

「んむ……素晴らしい。妻の最強菓子に、妻のあーん。このコンボは寿命を一年延ばすという説を、是非学会で発表しなければ」

「何学会？」

「ハーレム推奨学会」

「とっても波紋を呼びそうな学会だね！」

　俺もそう思う。

　――そうして、ネルとお茶の時間を楽しむ。

　ゆったりと流れる時間。

　それが、何と心地好《よ》いことか。

「ね、おにーさん」

「ん？」

「子供、楽しみだね」

「あぁ」

「僕も……フフ、ううん、何でもない」

「何だよ」

「何にも」

やけに楽しそうに笑みを浮かべながら、再びこてんと身体を倒し、ネルは俺の膝に頭を乗せる。

「横になりながら、おやつを食べる……イルーナ達がいたら出来ない、悪い食べ方だね」

「そうだな、悪いことは、家にいない時にしないとな！　勇者よ、魔王の非道を止めるならば、今だぞ？」

「うーん、この勇者はもう、篭絡《ろうらく》されて悪に落ちちゃってる悪勇者だから、無理かなぁ。世界が混沌《こんとん》に飲み込まれていくのを、笑って見るのさ！」

「ほう、我が妻として、相応《ふさわ》しい心構えではないか。そんな素晴らしい妻は、褒美として頭を撫《な》でてやろう」

「えへへぇ、やったぜ」

ネルの、サラサラで触り心地の良い髪を撫でる。

こうして、妻と戯《たわむ》れること。

俺の、生きる理由の一つだ。

◇　◇　◇

「――この国も、騒動が尽きませんねぇ」

戦争により、二度と魔法を使えないという重い後遺症を負いながらも、未《いま》だに魔界王の右腕として裏社会で暗躍し続ける男、『音無《おとなし》の暗殺者』ルノーギル。

王達を狙《ねら》ったテロが起こったことで、今回も彼はローガルド帝国内に潜入し、部下を指揮しながら次の作戦のための情報収集、つまり諜報《ちょうほう》戦を展開していた。

情報収集の拠点としているのは、ローガルド帝国帝都に存在する、歓楽街。

欲が集うこの場所は、他種族が訪れるようになってから以前と比べものにならない程の金が流れ込むようになり、その影響で各所にて陰謀が渦巻く、誰かが『悪巧み』をするのにうってつけの場となっている。

そのため、ルノーギルは現在もまた、部下達を動かすのみならず、自分自身も歓楽街の高級カジノの一つに潜入し、目標の監視を行っていた。

目標は、魔界王により『クロ』と判定された者。

まずは泳がし、だが状況によっては、確保しろと言われている相手。

と、目標が移動を始めたため、ルノーギルもまた移動を開始し――懐に忍ばせていたナイフへ手を伸ばす。

彼の警戒にその時引っ掛かったのは、一人のメイドだった。

カジノの給仕係と同じ格好をした、何の変哲もない、目を離せば見えなくなってしまいそうな希薄な存在感のメイド。

その相手は、気付かれたことに一瞬ピク、と眉《まゆ》を動かしたが、表情はカジノに相応しいような笑顔のまま、それとなく彼の近くへと寄って来る。

――ふむ、気配の殺し方、部下に見習わせたい程ですねぇ。流石《さすが》、あの皇帝が組織したところの諜報員、といったところですか。

「『アーベント』の方々ですね、魔界王様からお話は伺っていますよぉ」

「我らが長より、情報を預かっております。まず、あなたにお渡しするように、と」

「わかりました、お聞きしましょうかぁ」

彼らの会話は、カジノの騒音に紛れ、誰《だれ》にも聞こえない。

◇　◇　◇

アーリシア王国国王、レイド＝グローリオ＝アーリシア。

公務としてローガルド帝国を訪れ、ユキから現在考えている悪巧みを聞いた彼は、協力することにその場で頷《うなず》いていた。

ユキに色々と恩があるから、という理由もあるが、もっと単純に、それがアーリシア王国にも益をもたらすだろうと考えたからである。

ローガルド帝国は、今なお大国だ。

今ではアーリシア王国の方が明確に力が上だが、それでも人間国家の中では、未だトップ３に入るであろう力を持った強国であることは、変わりないのである。

経済力も、軍事力も、だ。

前皇帝の時代、戦争が起こるまでの彼の国は、大国ながら強《したた》かに計算高く立ち回り、力のみならず策略によっても大国たる武威を周辺各国に見せていた。

アーリシア王国にとっても、その影響力の大きさは『仮想敵国』として見なさなければならない程のものであり……つまり、人間の力を強めていたのだ。

ローガルド帝国は、確かにその一国だけで、人間という種を高みに押し上げていた。

故に、『パワーバランス』という点で考えると……アーリシア王国にとって仮想敵国であった帝国が、このまま沈んでしまうのは、正直困るのである。

今、世界の勢力図は変わった。

先の世を考え、アーリシア王国も大いに『屍龍大戦《しりゅう》』に協力したが、あの戦いによって人間が優位に立っていた時代は終わり、人間以外の種が台頭を始めている。

そのこと自体は、レイドは悪くないと考えている。今までは、少々人間が突出し過ぎた。

それは、人間にとっても、他の種にとっても、争いの元である。

しかし今のまま行くと、今度は逆に、人間の立場が押される可能性が出て来るのだ。

今後数年は、特に変わりなくやっていけるだろうが、これが十年先、二十年先となってくると、情勢もわからなくなってくる。

現在ヒト社会において最も力を持っている『魔帝ユキ』が人間ではない以上、彼自身が何もせずとも、一歩も二歩も人間が力で劣ってしまっているというのは、紛れもない事実なのだから。

重要なのは、バランスだ。

ガッチリと絡み合って崩れない『相互利益』と、簡単に手出しすべきではないという『軍事力』のバランスが均衡を保っていなければ、あっという間に戦乱は訪れるだろう。

博愛や慈愛の心などといった、それ自体は大事なものであっても、国家を運営する上ではクソ程も役に立たないものではなく、もっとわかりやすい目に見えた利益と、わかりやすい位置に見える拳《こぶし》が、互いに必要なのである。

人の好いあの王達とて、王なのだ。

まず第一に考えるべきは自国の利益であり、今は協力した方が自分達にとって得になると考えているからこそ、協力し合えているのである。

ただ、その辺りの感覚は、やはり魔界王フィナルが非常に優れており、『互いににこやかでいられる距離』というものをよく理解し、動いているように見える。

あの男の手腕によって、今世界の枠組みは組み上がっており、それを次世代にも残せるように、今の内に皆が頭を捻《ひね》らせている訳だ。

魔界王はまさに、現在の世界の『盟主』であると言えるだろう。

だから、ユキと魔界王が考えているという悪巧みは、今後を考えると自国の役に立つだろうとレイドは考えた。

ローガルド帝国の『癌《がん》』を取り除き、国を安定させることは、ひいては人間という種の役に立つだろうと、そう思ったのだ。

――正直に言って、レイドの中に、ローガルド帝国への恨みは存在している。

何故《なぜ》なら、彼の息子が殺された計画を実行したのは悪魔族であるが、その策略を練ったのがこの国であるとわかっているからだ。

一生、そのことを忘れることなど出来ないだろう。

だが……その息子の死を忘れず、自身が死した時、胸を張って『国を導いた』と言うために、これは必要なことだ。

ならば、やる。

全《すべ》てをやって、生き抜く。

もう、決めたことだ。

故に、彼は胸に思いを秘めつつ、ローガルド帝国の帝都に存在するとある大きな宮殿へと足を運んでいた。

その、住人達と面会を行うために。

「いやはや、レイド殿はおかしなことを気にされますなぁ。我々のような尊き血筋がいるからこそ、国民が国民として生きることを許されるのです」

「……なるほど、そういう考えもあるのかもしれませぬな」

部屋にいるのは、前皇帝シェンドラの親戚《しんせき》筋に当たる――皇族の一家。

その誰も彼もが、今、自身の目の前にいる男と同じ表情を浮かべている。

「ですが、その彼ら一人一人によって、国は成り立っているのでしょう。であれば、そのことに多少なりとも愛着を持っても良いのではありませんか？」

「ええ、まあ……確かに。道具として役目を果たしている間は、よくやっていると誉《ほ》めても良いかもしれませんな」

他国の、会ったばかりの王族に対して放たれる言葉にしては、随分と遠慮がない。

故にそれが、彼らにとって何ら気にする必要のない、ごく当たり前の考え方であるということが、短いやり取りからよく感じられた。

――なるほど。

レイドもまた、一国の王として、国を長年差配し続けた人間である。

である以上、様々な者を見て来ているし、少ない言葉だけで相手の人となりというものも、大体は把握することが出来る。

いや……今のやり取りを行えば、自身でなくとも同じ結論に至るだろうか。

――控えめに言って、クズだな。

この者達は、『自国を守る』という考えを持っていない。

この者達は、国民を塵芥《ちりあくた》と同じものだと思っている。

この者達が重要なものは、自分達だけだ。

なるほど、今まで国の表舞台に出て来られないよう、押し込まれていただけはある。

王族や皇族には、時々出るのだ、『暗愚』と言うべき者達が。

全てを手に入れ、何をしても許される権力があるせいで、道理を弁《わきま》えぬままに大人へと至ってしまうのだ。

——話には聞いていたが、前皇帝がこの者らの権力を剥奪《はくだつ》して、ほぼ幽閉状態にする訳だ。

レイドは一瞬、吐き気を催すような顔を浮かべそうになったが、王として学んだ社交技術によって、表情筋だけは動かさず、にこやかに保ち続ける。

……まあ、もう、この者達が表舞台に立つことはないのだ。

自由に動けるのは、今一時だけ。

然《しか》るべき処置が、これから為《な》される。

ゴ、ゴミはゴミ箱に。

◇　◇　◇

——これは、アーリシア王国国王レイド＝グローリオ＝アーリシアが、ローガルド帝国を訪れるより数日前のことである。

ローガルド帝国第一騎士団、第二騎士団。

皇帝を守護する、近衛《このえ》兵達。

アルヴェイロ＝ヴェルバーンを、これは違うかもしれないと思いながら捕らえ、その後状況を静観していた彼らは、諜報組織からもたらされる情報を基に、次なる作戦への準備を行っていた。

「――揃《そろ》っているな。これより、『ゴミはゴミ箱に』作戦のブリーフィングを開始する」

会議を進行するのは、第一騎士団副団長であり、近衛の全体を統括する立場にある、ヘルガー＝ランドロス。

さっそく彼が話を始める、というタイミングで、先に団員の一人が手を挙げる。

「……副団長、あの、先に一つ、質問良いでしょうか」

「言ってみろ」

「ええっと……そこにいらっしゃるの、魔帝陛下、ですよね？」

その問いに、ヘルガーではなく、俺が答える。

「違う、謎の助《すけ》っ人《と》仮面イプシロンだ」

「その通り。ここにおわすのは、謎の……何て仰《おっしゃ》いましたか？」

「謎の助っ人仮面イプシロンだ。そしてこれは俺の装備、対人捕獲用ネット『漁網』。さらに、ゴミを入れるためのゴミ箱もある」

「――だそうだ。……陛下、その、漁網もゴミ箱もやめていただけると……」

「副団長、陛下って言っちゃってますが」

「冗談だ。俺は普段大太刀――デカい剣を使っているが、それを使うと手加減が難しくなるし、何よりウチの子にクズの血を触れさせたくないので、今回は基本的に素手だ。よろしく頼む」

「オホン、ありがとう、イプシロン殿。――わかっているな、諸君。ここにいるのは、我々の知らぬ、通りすがりの助っ人殿だ。そのことを忘れるな」

彼の言葉に、求めるところを理解した近衛兵達が、無言のまま納得したような顔を浮かべる。

なるべくならば、俺は手を出しておらず、この国の者達のみで解決した、というようにした方が都合が良いからな。

ただ、皇族ではなく、その『手足』を狙《ねら》うのが今日の目的であるため、そう本気で姿を隠すつもりもない。

要は、「俺はいない」という建前が成り立つ状況にさえなっていれば、それでいいのだ。顔が見えていない、とかな。

だから、アイテムボックスに入れていた仮面を、今日の俺は久しぶりに装着していた。

部下達に理解が及んだのを見て取った後、ヘルガーは先程までより声音を真面目《まじめ》なものに変え、話を続ける。

「話を続けるぞ。今回の我々の敵は、二度、テロ行為に魔物を使用している。つまり、追い詰められた場合何をしてくるかわからないのだ。状況如何《いかん》によっては、なりふり構わず、という可能性が十分考えられる。故に――今、この国において最も強いお方に、力をお貸しいただくことになった」

俺の戦力だが、一応エンにアイテムボックス内で待機してもらうつもりでいるものの、リル達ペット軍団は一匹も連れて来ないことにした。

ヤツらがいたら、仮面してても俺が俺だとバレバレだからな。

ただ、今ヘルガーが言った通り、敵が再び魔物を召喚、みたいなことになる可能性があるため、念のためエンだけは連れて来たのだ。

この国が前皇帝時代にＤ　Ｐ《ダンジョンポイント》で用意し、そして今は一応俺の配下ということになっている魔物どもは、魔物使いの部隊と協力することで事前に掌握状態にあるものの、俺の知らんアイテムでいきなり何かをドン、なんてことも考えられる。

用心するに越したことはないだろう。

あと、ここでそうやって用心しておかないと、家に帰った時怒られそうだし。

「忘れるな。今回の我々の敵は、そういう者達だ。自分達の権益のためならば、多少国民が死のうがどうでもいい、という考えがそこにはある。迅速な確保を心掛けろ」

そこから、詳しい作戦の内容が皆に伝えられていく。

標的から始まり、ソイツを拘束し、生きて連行するための作戦。

先程ヘルガーが言った通り、敵がなりふり構わず動くという可能性も十分に考えられるため、実行においての懸念点もまた一つ一つ挙げられていく。

まあ、これも、本来は近衛兵の仕事ではないのだが、『敵の息が掛かっていない精強な兵』という観点で適切な部隊を探すと、やっぱりここが一番なのだ。

第二騎士団は戦争後に設立された、言わば俺達に都合が良い駒《こま》として用意された近衛兵だし、第一騎士団は、元々はあの前皇帝シェンドラを頭とした――つまり、俺達の敵と、同じように敵対している関係性なのである。

この国において、俺達が用意することが可能な、最高峰の手駒であると言えるだろう。

そうしてブリーフィングが進んだ後、最後にヘルガーが、俺へと声を掛ける。

「イプシロン殿――いえ、陛下。何かありますでしょうか？」

……今、わざと『陛下』と俺を呼んだということは、つまり皇帝としての言葉がほしいってことか。

少し考えてから、俺は一度仮面を取り、話し始める。

「ヤツらのやりやがったことは、お前達の……いや、俺達の目指しているものに、ツバを吐きかけて泥を塗る行為だ。気に入らねぇ、だから潰《つぶ》してやろうってな。――舐《な》めた真似《まね》してくれるじゃねえか」

普段、ダンジョンで生活しているせいで、忘れそうになるのだが……この世界は、前世よりも命の価値がずっと軽い。

人は簡単に死ぬし、人権という概念すら曖昧《あいまい》で、基本的に自分でどうにかしないとそのまま野垂れ死ぬ。

そんな世界では、関わりのない他者の生き死になど大した意味を持たないし、ましてや国を差配する者達となれば、前世以上に「数字」よりも先の意味を持たないのだろう。

貴族政治がほとんどのこの世界では、国民がどれだけ死のうとも、彼らの権力を揺るがすことはほぼないのだから。

魔界王やアーリシア王国国王レイド、前皇帝シェンのような、非常に理知的な者達ばかりと共にいて、その辺りの感覚が鈍っているが……彼らの方が、少数派なのである。

だからまあ、正直に言って、今回のテロに皇族が関わっていると最初に聞いた時、俺としては「あぁ、出やがったな、こういうのが」なんて思ったものである。

ただ、そんな輩《やから》が、この国に出て来られるのは、困る。

……俺は、お飾りとはいえ、皇帝だ。

ならば今の内に、この世界の流儀に従い、力で以《もっ》て俺達に都合の悪い敵を、排除するとしよう。

「こんなふざけた真似で、この国がどうにかなるなんて、誰《だれ》にも思わせちゃならねぇ。理性を重んじるこの大国を、バカのせいで沈ませる訳にはいかねぇ。――やるぞ。ゴミ掃除の時間だ」

俺の言葉に、近衛騎士団の彼らは、『オォ！』と野太い声をあげた。

アーリシア王国国王が、宮殿にて皇族達の注意を引いているのと同時刻、作戦は開始される。

◇　◇　◇

その時発生したのは、煙だった。

ローガルド帝国元老院にて、突如として大量に発生した、施設全体を覆うような煙。

それは何の効果もない、ただ多少息苦しくなるくらいのものだったが――二度のテロが発生した国としては、それだけで十分だった。

「なっ、またテロか⁉」

「クッ、次はここか⁉」

「に、逃げろ！　皆、早く外に出ろ！」

「待て、ここらの重要文書は⁉」

「そんなことを気にしている場合か⁉」

元老院に勤めていた者達は、悲鳴と共に大慌てで逃げ惑い始め、カオスに場が包まれる。

誰も彼もが、次のテロの舞台がここなのだと、そう理解したからだ。

と、そこに、警備に当たっていた近衛兵達が駆け付ける。

「一番隊、二番隊、周辺警戒！　何が出て来るかわからない、十分に注意しろ！　残りは、全員で避難誘導を！　――皆様！　我々の指示に従い、迅速に避難を開始してください！　落ち着いて、我々の誘導に！」

声を張り上げた第一騎士団副団長ヘルガーの言葉により、一定の秩序がそこに生まれ、議員達の避難が開始される。

その中にいたある男は、表情に怪訝《けげん》なものを浮かべながらも、近衛の誘導に従い避難に動き――。

「――おっと、残念ですが、あなたはこちらに来ていただきましょう」

「ッ、何を……！」

突如、両脇を押さえられ、物陰へと力尽《ちからず》くで連れ込まれる。

相手の身体的苦痛など一切考慮されない、迅速だが無理やりな行動で、瞬く間に身動きが取れない状況まで持って行かれる。

煙の視界の悪さのせいで、そのことに気が付く者は、他にはいなかった。

「余計な真似はされないように。皇族の方々と違って、あなた一人をいないことにするのは簡単なのですよ――元老院議長殿」

そう話すのは、先程まで避難誘導の指示を出していたはずの、ヘルガー。

彼らが取り押さえたのは、元老院の長たる、元老院議長――サイラス＝エーギル。

俺達が起こしたこのテロの、標的。

なお、今回のテロは、皇族によって行われたもの、ということになるよう証拠が捏造《ねつぞう》されている。

グレーゾーンを越えて思いっきりブラックゾーンだが、まあ死者も怪我人《けがにん》もコイツ以外には出さないので、それで許してもらいたいところだな。

筋書きは、こうだ。

二度のテロを起こした皇族と、元老院議長。

皇族の命令により事件を起こしていた元老院議長だが、不要になった彼を排除すべく、最後に元老院で、コイツを狙ったテロが発生！

これによって、一連の事件が皇族の手引きにより行われたものだという証拠が明るみに出る。

おぉ、悪逆非道なる皇族よ、皆でどうにかせねばなるまい、という訳だ。

本来の黒幕はこの元老院議長の方で、それに利用されたのが皇族だろう、というのがシェンや魔界王の予想だが、この際とことん皇族に泥を被《かぶ》ってもらうべく、黒幕は皇族、という形にする訳である。

また、テロの第一容疑者であったアルヴェイロ議員は、現在もまだ拘束中であるため、このテロによって彼に対する嫌疑も弱まるだろう。

「……何のつもりかね、ヘルガー。国を守護するはずの近衛が、まさかテロを起こしていたのか？　やはり、前皇帝の息が掛かった者達は信用ならんな」

「しらばっくれるのも、それくらいにしていただきたい。もう、理解していらっしゃるでしょう、何故《なぜ》我々がこのような動きに出たのかを。捕らえたアルヴェイロを魔界王陛下に差し出し、向こうに処刑でもさせるつもりだったのでしょうが、あなたよりも魔界王陛下の方が一枚上手でしたな」

憤りもあるのだろう。

押し倒されていた元老院議長の胸倉をガッと掴《つか》み上げ、ヘルガーは言った。

「随分と振り回してくれたな、国に害為《な》すゴミめ。落とし前は付けてもらうぞ」

「ッ、国政の何たるかもわからぬ軍人風情が、調子に乗るでないわァッ……！」

ヘルガーの挑発に、苛立《いらだ》ちを見せた元老院議長は、縛られた手を少しだけ返すような動きをし――。

「その手を止めろッ!!」

気付いたヘルガーが、元老院議長の両腕を拘束している部下達に指示を出すが、一歩遅かった。

ヤツが服の裾《すそ》から取り出し、投げたのは、短剣。

見覚えのあるフォルムのそれは、起動条件を満たしたのか、内部に含まれていた魔力が一気に高まり――そこに、一体の魔物が出現した。

種族：ヒュージクロー・ウルフ
レベル：88

現れたのは、狼《おおかみ》型の巨大な魔物。

非常に大きな、ナイフのような爪が五指から生えており、獰猛《どうもう》そうな顔付きが、眼前にいる『餌』達を睥睨《へいげい》している。

「ッ、この元老院で、本当に魔物を出すとは……ッ！」

「警備が厳重になったせいで、どこにこの狼を突っ込ませるか悩んでいたのだが、良いところに贄《にえ》が来てくれたものだッ！」

「お前達、構えろッ！　……フン、随分と、化けの皮が剥《は》がれるのが早かったな。まあ、我々としてはその方が話が早くて助かるのだが」

「……何を余裕ぶっている」

「余裕ではないさ。ここにいるのが我々だけならば、だが」

「何？」

近衛《このえ》兵達の警戒が一気に高まり、ヘルガーの指示に従って陣形が組まれていくが——その中で、俺は一人、笑ってしまっていた。

ハッ、ハハ！

よりにもよって、この場で出す魔物が、狼！

リルに比べて貧相な能力に、貧相な肉体。威圧感など比べるべくもない。

デカい爪が、何とも恐ろしい。アレだ、りんごとかよく切れそうだ。

気配を薄くし、魔力を抑え、ただ状況を静観していた俺は。

そこで前に出ると、言った。

「伏せ」

特に、威圧もしない。エンを出すまでもない。

ただ、抑えていたもの全《すべ》てを解放し、じっと見据え、ゆっくりと俺の言葉を言って聞かせる。

「もう一度言うぞ。伏せ、だ。死にたくなかったら、俺に、逆らうな。――殺すぞ」

「……クゥン」

「ん、よし、いい子だ」

ビクリと身体《からだ》を震わせた後、狼は、身体を伏せる。

その頭を、俺はワシャワシャと撫《な》でる。

うむ、お前は賢い判断が出来るヤツだから、魔境の森に放って、リル配下の魔物軍団の一匹に入れてもいいかもな。

恐らく、俺にテロの容疑を少しでも掛けようとしたんだろうが、これは悪手というものだ。

もっと他の、俺の言葉も聞かない、理性が少ないような虫型の魔物とかならば、多少戦闘にはなっただろうに。

「なっ……！」

「いいな、魔物は。テメェらみたいなバカとは違って、相手の力量を、ただ見ただけで感じ取ることが出来るんだからよ」

野生生物を相手にしている時の方が、楽なもんだ。

「その声、魔帝ユキか……ッ！」

「おう、陛下って付けろよ。不敬罪で処刑するぞ。……あぁ、いや、今はユキじゃないから別にいいか」

ニヤニヤと笑いながら、俺は言葉を続ける。

「この際だ、何でも出して来いよ。テメェらの用意した『切り札』が、いったいどれだけ恐ろしいのか、俺に教えてくれ。それとも、もう品切れか？　ヘルガー、逃げられないよう足だけ縛って、手は動かせるようにしてやれ」

これでハッキリしたが、コイツらは俺達が把握出来ていない魔物を数体所持している。

この際だ、全部吐き出してもらった方が、先を考えると楽になるだろう。

「……全く、仕方ありませんな。聞こえていたな、謎の仮面殿がご所望だ。手品があるならば出してみよ。打ち止めならば、それはそれで構わんぞ。このまま貴様を連行するだけだ。人知れず、な。二度と、日の目は拝めないと思ってもらおう」

「クッ……！」

――力。

圧縮された、力の奔流。

暴風、なんて言葉すら生温《なまぬる》い程の攻撃の嵐《あらし》が、避難が完了し、近衛兵と容疑者たる元老院議長サイラス以外がいなくなった元老院内に、吹き荒れる。

巻き込まれたら、そのまま死ぬであろう力を振るっているのは——魔帝ユキ。

「ハハァッ！　弱い弱い、せめて爪とか牙《きば》とかに毒があるくらいの凶悪さは欲しいもんだなッ！　まあ、毒食らっても上級ポーションあるから、関係ないんだがッ！」

『……ん、攻撃にも防御にも捻《ひね》りが無い。多分、仮に主《あるじ》よりも能力が高くとも、普通に勝てる』

「多分コイツら、ダンジョンの力で生み出されてから、一度も戦闘したことがねぇんだろうよッ！　生み出されてからずっと、どっかで封印されてたんだろうなッ！」

『……確かに、そんな感じ。身体は大きいのに、子供みたいな戦い方。あと、このわんちゃん、弱いけどちゃんと主のために戦ってて、偉い』

「そうだなッ、俺に加勢しようと動いてる辺りが健気《けなげ》で可愛《かわい》いもんだッ！　コイツはちゃんと連れ帰って、リル達に面倒見させるとしようッ！　まー、レベルだけはそれなりでも、ちょっと弱いが、ウチのペット達の配下軍団と一緒に魔境の森にいれば、ちったぁ強くなれるだろッ！」

『……ん。リルに任せたら、問題なし』

「また仕事が増えたなって顔で遠い目されそうだがなッ！　……あぁ、そうか、コイツがすぐに平伏《ひれふ》したのって、俺に残ってるリルの臭いでも感じ取ったのかッ！」

魔帝ユキと、彼の娘であると噂《うわさ》されている魔剣、そして最初にユキに恭順の姿勢を見せ、共に戦っている狼。

対するは、数匹の、巨大な魔物。

馬車と同サイズの蠍《さそり》、四本の太い腕がある巨大熊、燃え盛り続ける炎の巨人、触手のようなものをウネウネとさせている草の化け物、鋼鉄すら噛《か》み砕《くだ》けそうなアギトを持つ鰐《わに》、俊敏な動きを見せる狡猾《こうかつ》な獅子《しし》。

よくもまあ、これだけの魔物を用意していたものだ。

近衛兵達だけで戦っていれば、簡単に壊滅の憂き目に遭ったであろう強さをした魔物達が、しかしただ逃げ惑い、傷を負い、死んでいく。

あの魔物達の方は、即座に恭順の姿勢を見せた狼と違い、破れかぶれに彼へと攻撃を始めたため、「そうか、なら死ねッ！」と一切の情け容赦なく蹂躙《じゅうりん》が開始されたのだ。

元老院の壁や床、家具などが派手に破壊され、血が飛び散り、ここだけ戦争でも起こったかのような酷《ひど》い惨状になっているのだが――その中で、魔帝ユキだけが、一切の傷を負わず、味方している狼の援護すらしながら、高笑いと共に暴威を振《ふ》り撒《ま》き続けている。

あれに巻き込まれたら簡単に死にかねないので、近衛兵達は彼の手助けをすることすら、もはや敵《かな》わず、ただ距離を置いて遠巻きに戦闘を見守っているのだ。

「……凄《すさ》まじいですね」

ポツリと部下がそう溢《こぼ》すのを横で聞き、ヘルガー＝ランドロスは問い掛ける。

「お前は、宰相閣下のお話は知っているか？」

「宰相閣下というと……バリバリの主戦論者であったあの方が、ある時を境に、人が変わったような穏健派になった、という話ですか？」

「そうだ。最近はめっきり表舞台に出て来ず、裏方の調整に回るようになった宰相閣下だが、どうやら彼は、一度ユキ陛下の魔物討伐に同行したことがあるらしい」

ヘルガーの言葉に、話を聞いていた別の近衛兵が反応を示す。

「へぇ……なるほど、彼の強さを実際に目の当たりにしていた、と。このまま敵対路線では、国を滅ぼすことに繋《つな》がる、と考えた訳ですか」

「うむ、恐らくな。最善の選択を、人知れず彼はしていたのだ」

眼前で繰り広げられている戦闘を見ながら、彼らは言葉を交わす。

ローガルド帝国においては、代々皇帝が国の大部分を差配していたため、他国に比べ、宰相が持つ権限はあまり多くない。

多くはないが、しかし君主をサポートする役職である。皇帝に次いで、ナンバー2と言うべき存在だ。

前皇帝シェンドラの手足として、その敏腕を発揮していた現宰相は、しかし敗戦後、国の運営の舵取《かじと》りをほぼしなくなり、魔界王や他の王達との、利害調整などを中心に裏方の活動をするようになっている。

他国の王達の要求を聞き、それをこの国で実施すべく、言ってしまえば手下として働くようになった訳だ。

その変わりように、「買収された」、「他種族に尻尾《しっぽ》を振るようになった」などと陰口を叩《たた》く議員も多く出ているが……彼の選択は、最善であると言うべきだろう。

国の先行きを考え、宰相閣下は、誰《だれ》よりもこの国のために行動をし続けているのだ。

「ユキ陛下は、政治的な権限がほぼない。本人も、自分にそういうことは出来ないと言っていたし、こう言っては何だが私もそう思う。つまり、立場的には『お飾り』そのものである訳だ。……にもかかわらず、この国を負かした王達は全員、彼の動向を気にし、彼の不興を買うまいと動いている」

「……ただ、その力だけで、でありますか」

「そうだ。ただ、強い。その一点のみで、彼は皇帝たる資質を誰よりも備えているのだ。大国を支配する王、種族を背負った王達が、決して無視し得ぬ程の資質を、な」

魔帝ユキが、異色の王であることは間違いない。

恐らくだが、ここに転がっている元老院議長サイラスは、宰相とは違う選択をしたのだ。

その異色さを危険視し、他種族の干渉を排除せねばと考えた。

皇帝の権限が強かったこの国の構造として、宰相と同じく、元老院もまた権限が比較的弱い。故に、『皇帝代理』という立場でこの国に改革を施している、魔界王達の政策、施策等を覆す権力を、彼らは有していないのだ。

だからそれを、この機会に解消しようとでも考えたのかもしれないが……その手段がテロ行為とは。

ついでに、邪魔であった『前皇帝シェンドラ派閥』を完全に解体しようと、アルヴェイロ議員を巻き込んだのだろうが、呆《あき》れたものである。

結局この男は、権力を求めたのだ。

自身の立身出世のため、邪魔なものを排除したかった訳だ。何の関係もない一般市民を巻き込んで。


――やがて、決着は付いた。

サイラスが、悪あがきと出した魔物達は全《すべ》て排除され、死体となって転がるのみ。

「ハッ、何が出て来るかと思えば、こんなもんか。世界を相手に戦ったローガルド帝国！　負けはしたものの、世界にその覇を見せ付けた！　その国の元老院議長サマがどんな魔物を出してくるのかと思えば……こんなザコだけか。随分とお粗末なもんだ」

「お、おのれ、怪物がァ……‼　貴様のような化け物は、存在しているだけで必ずこの国に災いを及ぼすッ‼　貴様は、疫病神だッ‼」

「よく言うぜ、自分こそ頭の足りねぇ稚拙な行動しておいてよ。確かに俺は、皇帝に相応《ふさわ》しい能力なんざないさ。政治も知らなければ、人の動かし方も知らないし、仮に俺が皇帝として何かやり始めたりしたら、多分この国はメチャクチャになるだろうよ。けどな、それでも、テメェよりはマシだ」

魔帝ユキは、嘲《あざけ》るように笑い、言葉を続ける。

「あぁ、一つ言っておくが、そっちに協力していた軍人、議員らは、ルノーギル……魔界王の右腕と、この国の諜報《ちようほう》組織の活動で、もう全部割れてるからよ。テメェの派閥は、これで終わりだ。あとは獄中で、テメェのいないこの国が上手《うま》く回り始めるのを、眺めてることだな」

「……ッ‼」

表情を真《ま》っ赤《か》にさせるサイラスに、ヘルガーは再び手枷《てかせ》を付けると、無理やりその場に立たせる。

「手品はこれで終わりか。では、行こうか、元老院議長殿」

「わかっているのか、ここで私を捕らえた場合、往来を我が物顔で歩く他種族を排除し、我々の手に国政を取り戻すことは出来なくなるのだぞ⁉」

「貴様こそわかっておらんな。我々は『近衛』だ。我々は、ただ陛下の御身を守り、陛下の命に従うのみ。……まあ、そんな役職とは関係なく、貴様に従おうなどという思いは一切浮かんで来ぬがな」


時代は変わった。

そのうねりに取り込まれたこの国は、否《いや》が応でも、それに飛び込むしかないのだ。

濁流は、一方向にしか流れないのだから。


——こうして、三度目のテロは完遂される。

数匹の魔物が出現し、今までよりも大規模となったこのテロは、だが警戒を強めていた近衛《このえ》達により、被害を最小限に食い止めることに成功。

しかし、このテロを境に元老院議長の行方《ゆくえ》が知れなくなり、巻き込まれたものと推定される。

幾ら敵が強大であったとはいえ、元老院にて最も守られなければならないはずの要人を守れなかったことに、近衛達に対する批判の声が上がったが……その後の調査により、テロ行為に元老院議長サイラス自身が関わっている可能性が浮上。

さらに、その元老院議長もまた誰かの指示に従い事を起こしていた証拠も見つかり、一切表沙汰《ざた》にはされないものの、まことしやかに一つの噂が流れ始める。

元老院議長もまた、あまり評判の良くない、名前を出すべきではない方々に、協力させられていたのではないか、と。

政府に起きた動揺、混乱は非常に大きなものであったが、魔界王フィナルが強権を以《もっ》て行政に介入したことで、どうにか一旦《いったん》の落ち着きを見せる。

誰によって起こされたテロだったのか、結局最後まで、気付かれることもなく——。

◇　◇　◇

ローガルド帝国宮殿にて、皇族達が余計な動きをせぬよう、会談によって足止めを行っていたレイドは、突如急ぎ足で宮殿へとやって来た兵士を見て、ピク、と反応する。

——作戦が進んだか。

「皆様、ご歓談中失礼いたします！　緊急事態につき、会談を一度中止し、避難していただきたく……！」

「緊急？　何事だ」

レイドと談笑を続けていた皇族の男性が、そう兵士に問い掛けると、彼は緊張を感じさせる面持ちで答える。

「ハッ！　どうやら、三度目のテロ行為が元老院にて行われた模様！　現在、近衛の方々が対処に当たっていると報告が」

「何？　三度目？　……話が違うな」

「どうされました？」

「何でもない、気にするな。――だそうです、レイド殿。我々と共に避難致しますか？」

「……いえ、私は少し、状況が気になります。君、恐らくすでに対策室は立っているのだろう？　そこに誰か、案内してくれないか」

「で、ですが」

「ふむ、勤勉な方であられる。君、レイド殿はまことお優しい方なのだ。誰か護衛を付けて、そこまで案内してさしあげなさい」

「……ハッ！　畏《かしこ》まりました」

「……感謝いたします。また、その内ご挨拶《あいさつ》に」

そうして、自身の役割の終了を理解したレイドは、この者達とはもう一秒も顔を合わせていたくなかったため、『情報を得るため』という口実でこの場を後にする。

と、皇族達の姿が見えなくなったところで、彼の横に、宮殿に勤めているメイドの一人――密偵組織『アーベント』に所属しているメイドが、案内役としてやって来る。

前皇帝シェンドラが組織し、彼のいない現在もまた、人知れずこの国を守り続けている彼ら。

事前の連絡要員として顔合わせをしてあったため、レイドは彼女の正体を知っていた。

「お疲れ様です、レイド様」

「いや、これも結局は我が国のためだ。そう思えば、この程度。だが、まあ……君達も、大変だな」

「慣れておりますれば」

にこやかな微笑を保ったままそう答えるメイドに、「プロだな」と小さく笑うレイド。

「さて、恐ろしき三度目のテロは、現在どうなっている？　すでに完遂されたのか？」

「いえ、やはり事前の想定通り、対象が魔物の召喚を行ったため、現在魔帝ユキ陛下が対処中とのことです。ただ、どうも想定より敵が用意していた魔物の数が多いらしく」

「ふむ、まあ、彼で倒せないとなれば、それはこの国でその魔物を倒すことが出来る者が存在しないということになる故、大丈夫だと思うことにしておこう。いや、この国のみならず、ヒト種では、か」

愉快そうな笑みを浮かべ、全く心配した様子を見せないレイドに対し、彼女は少し言《い》い淀《よど》む素振りを見せてから、問い掛ける。

「レイド様は……ユキ陛下と仲がよろしいように見受けられます。何か、あのお方と付き合っていく上で、秘訣《ひけつ》が……？」

「秘訣か。それならば、私が言えるアドバイスは一つ。――彼を、普通の青年だと思うことだ」

「……普通の、でありますか」

「そうだ。彼は、人よりも大きな力を持っているだけの、普通のヒトに過ぎん」

魔帝ユキは、力がある。

レイドが初めて出会った頃《ころ》と比べ、いつの間にか、もはやヒト種では並び立つ者がいないのではないかと思う程の圧倒的な強さを得ているが、それは彼を評価する上では、ただの一側面に過ぎない。

娘を救われた経験があり、それ以来縁が繋がったのか、長く付き合いのあるレイドは、よく知っているのだ。

魔帝ユキとは、ただの人の好《い》い青年であり、最近父へとなろうとしていることで、色々悩みながらも決意を固め、一歩一歩前へと進んでいるところなのだということを。

だが、それを知らないこの国の者達は、恐らく潜在的に魔帝ユキを恐れているのだろう。

人が決して抗《あらが》うことの出来ない、天災が如《ごと》き生物が数多《あまた》存在するこの世界では、力ある者に対する『付き合い方』もまた、ある程度心得ているものだが……皇帝となり、魔帝と呼ばれるようになったユキは、距離が近過ぎるのだ。

偉大な指導者であった前皇帝シェンドラすら打ち破る程の、圧倒的な力を持つ存在が、すぐ近くにいる。

確かに、彼の人となりを知っていなければ、恐怖を覚えても仕方ないのかもしれない。

……まあ、それなりに付き合いのある身としては、彼の言動に恐怖を覚えるなど、聞いていて少し笑ってしまいそうになるのだが。

「脅威に思う必要もなければ、怖がる必要もない。彼と、ただ良き隣人として付き合っていれば、彼もまたそのように対応してくれる。彼が、普通の青年だからだ。立場がある故、なかなか難しいだろうとは思うがな」

「……やはりレイド様も、大国の王であられますね」

「ハハ、面白いことを言う。私程凡庸な王も、他にはおるまいに」

そう言うレイドは、しかし『魔帝ユキと対等に話せる者』の価値がどれ程高いのかを、知らないのだ。

本人の気付かぬところで、すでに彼は、人間種族の代表として周囲からは見られていた。

◇　◇　◇

作戦は、順調に進んだ。

まあ、魔界王が練った策だ。奴《やつ》に匹敵するだけの知能を持つ人材が、この国の中枢にいない以上、上手《うま》くいかない訳がないのである。

マッチポンプである以上、俺達も十全な準備をしてから、行動に移したしな。

壊れた元老院の修復は――壊したのは、ほぼ俺だが――最近他種族から『親方』と呼ばれるようになったドワーフ王ドォダが手を貸すことで、迅速に進められていき、わずか三日後には終了した。

流石《さすが》である。

で、何か知らんが、最近活躍しっぱなしのドワーフ達に、エルフ達が対抗心を燃やしているそうで、「我々の出番が少ない！　もっと仕事を増やせ！」とよくわからん抗議を行って、魔界王を苦笑させていた。

いや、アンタら魔法技術を用いてあっちこっちで活躍してるだろ。軍の魔法士に指導したり、飛行船の改良に手を貸したり、ドワーフが得意な建築でも、基礎を強くするための魔法陣を建物に組んだり。

確かに、あんまり表舞台には出ないような仕事かもしれないけどさ。

なお、獣人族はその辺りあっけらかんとしていて、「我々に難しいことは出来ん。戦いならば呼べ」と、あまりこっちには参加していない。警備とかくらいだ。らしいっちゃらしいが。

そして、肝心の皇族だが……テロからの避難の名目で、そのまま『隔離』に成功したため、現在は幽閉状態にある。

ここまでが、作戦だったのだ。

三度目のテロにより自ら避難させ、外界から隔離し、表に出さないようにする。

幽閉している場所も、ウチの草原エリアと同じような、ダンジョンの力によって追加された空間にいるので、権限を持つ者にはその一挙手一投足全《すべ》てが把握可能であり、逃れることは不可能だ。

政治的にも、元々ヤツらの権力は皆無だった上に、テロへの対処という名目で、一時的に強権を発動した魔界王が現在国政のほとんどを動かしているため、もはや出来ることは何もない。

改めて思うんだが、アイツやっぱ怖《こえ》ぇわ。久しぶりに実感した。

思い切りの良さが、「必要ならば、誰《だれ》が何を言おうがやる」が徹底されていて、もうすごい。うん。

で、アホどもはそのまま、少なくとも五か月は幽閉し続けることになるだろうとのことで、その後幽閉が解除された後は……『THE・END』という訳だ。

過度の犯罪行為が確認されている、という前提があるからこそだが、その時は、皇族であろうが処罰は免れないだろう。

ただ、そのためにしなければならないのは――現体制からの、移行である。

五か月後。

予定より少し巻いて、開催される魔戦祭。

ここで、一つイベントを行う。

そのために必要なのが――。

「ようやく表に出られたか、アンタ」

「ユキ陛下。ええ、あなた方のおかげですよ。この国に住まう者として、『膿出《うみだ》し』に協力していただいたこと、誠に感謝を」

そう言って頭を下げるのは、アルヴェイロ＝ヴェルバーン。

冤罪《えんざい》で捕らえられていた議員である。

魔界王によって保護されていた彼だが、証拠が揃《そろ》ったことにより――なお、この証拠も半分くらい偽装であるが――、晴れて冤罪と認められたため半幽閉状態が終了し、すでに政界に復帰している。

以前会った時より、そう時間は経《た》っていないのだが、それでも少し痩《や》せたように見える。

保護されていた、と言っても、日陰の暮らしをしばらくしていたことは間違いないからな。気疲れもそれなりにあったのだろう。

ただ、瞳《ひとみ》だけは変わらずに強い意志を湛《たた》えており、疲れが見える様子でもなお、活力を全身から感じさせている。

その身に、確かな覇気があるのだ。

……流石、あの前皇帝が重用していた男だな。

「おう、気にすんな。俺達は俺達がやりたいようにやっただけだからな。そのために、自作自演でもテロの三回目を起こしちまった訳だし」

人の被害は例の元老院議長を除いてゼロにしたとはいえ、手段としては、あまり褒められたものではないだろう。

が、必要だったから、俺達はそれを実行した。

ある意味では、あの元老院議長と同じ穴のムジナだと言えるだろう。

……いや、やっぱ一緒にされたくないわ。あの野郎、自分の目的のためなら一般人が何人死んでもどうでもいいって考えてたし。

「致し方ないでしょう。この変革期でなお……いや、変革期であるからこそ、荒療治が必要な部位が存在していた。そういうことです。急激な変化で起こる、国民感情に対する配慮は必要ですが……それはむしろ、我々が行うべきもの、でしょう」

「……そうだな」

よくこの国が見えている。

いや、当たり前か。

本物の能力があり、理性と感情の差を理解出来る政治家なのだから。

そう、この男は、理性と感情の違い、機微をわかっている。

理性の権化たる前皇帝に、長年仕えていたからなのかもしれないが……それは、得難い資質だろう。

俺が、政治云々《うんぬん》で偉そうに判断するのは、おこがましいことこの上ない。

やっぱりコイツだ。コイツに決めよう。

──シェンとの約束は、この国を守ること。

そして、ここが俺のダンジョン領域となった以上、俺とこの国との関わりが途切れることは、もはや一生あり得ない。

守りはする。

ここは、もう俺の領土だ。手放しはしない。

そのことは前提として、ただその手段として『皇帝』という肩書自体は、そこまで必要なものではないのではなかろうか。

形は何でもいい。何なら新しい役職でも作ってもらって、例えば『第0騎士団』みたいなものでも作って、それに俺が永代で就いていればいい。

国を守護する場合のみ、出て来る存在として。

今のこの国だと……俺が皇帝のまま、というのは恐らく弊害の方が大きい。

というか単純に、俺がもう嫌になっているのだが。

無理だわ、俺に皇帝は。柄じゃねぇ。

シェン、悪いんだが、この座は捨てるぞ。

ちゃんとローガルド帝国は守り続けるから、それで勘弁してくれ。

だから──。

「よし、アルヴェイロ。今から言う話をしたくて、俺は今日お前に会いに来た。聞け」

「……ハッ、何でありましょうか」

俺は、言った。

「第二十三代皇帝として告げる。──アルヴェイロ＝ヴェルバーン。お前、次の皇帝になれ」

閑話一　頑張れ、わんちゃん

魔境の森にて。

リルは、ユキが連れて来た『ヒュージクロー・ウルフ』を睥睨《へいげい》し、観察していた。

敵の元老院議長に召喚されながらも、ユキには絶対に敵《かな》わないと事前に判断することが出来たため、彼に従い、生き残ることが出来た魔物である。

「…………」

「…………」

無言でジッと眺めてくるリルに対し、一切身動きが取れず、圧力に固まるヒュージクロー・ウルフ。

あまりにも大き過ぎる、存在の格の差。

なまじ、ユキよりも近い種であるため、ユキと相対していた時よりもさらに強くそれを感じてしまい、恐ろしさに動けない。

少し前、多数の同格の魔物達と戦った時も修羅場であると感じたが、今と比べれば、それがなんと子供騙《こどもだま》しの修羅場であったことか。

その全身から放たれている威圧感に、身が竦《すく》み、ここから逃げ出せと本能が命じている。

そんなことをすれば最後、細切れになって死ぬだろう未来が容易に想像出来るため、失ってしまいそうな理性をかき集め、必死に本能を抑えているような状況である。

ただ、そういう判断が出来るからこそ、元は敵の魔物として出現していながら、ユキと対峙《たいじ》して生き残ることが出来たのだと言えよう。

なお、リルの方は別に特に威圧もしておらず、単純に目の前の狼《おおかみ》がどれだけの強さなのかを、見極めているだけである。

目の前の狼が自身を恐れているのはわかるが、だからと言って、それを和らげてやるつもりもない。

この程度で逃げ出すようならば、そもそも自分達と暮らすことなど出来ないだろう。

まあ、とは言ってもこの狼に関して言うと、しばらくは面倒を見てやろうという気にはすでになっているのだが。

つい少し前、「コイツ、ウチで面倒見てやってくれ！　レベルの割に戦闘技能はイマイチなんだが、お前らの配下の魔物軍団に交ぜてやったら、まあ何とかここでも生活出来んだろ」「……ん。このわんちゃん、弱いけどちゃんと主《あるじ》のために頑張ってた。可愛《かわい》い子だから、見てあげて」とユキとエンに言われ、それならば、という訳だ。

それに、実際見込みはあるのだろう、というのがリルの評価である。

話は聞いているが、まず自身では何があっても敵わないと、戦う前にそのことを察し、潔く恭順の姿勢を見せられるだけの知能。

そして、恭順の姿勢が本物だと示すために、自身と同格の相手六体に対し、決死の戦いを挑むだけの胆力。

幾らユキとエンがいたとはいえ、そこまでやれるのならば見込みはあるし、多少面倒を見ておけば、ここでも問題なく暮らしていけるだろうと思ったのだ。

「クゥ、ガァウ」

そうして、ある程度の観察をし終えたリルは、この森での生き方に関して、話し始める。

まず大前提として、ヒト種には、こちらから攻撃を仕掛けないこと。向こうが攻撃してきた場合は迎撃して構わないが、特に敵対してこない場合、そのままスルーして逃がすように。

特に、ヒト種の幼体を見かけた場合は、すぐに報告を入れること。

これは勿論《もちろん》、ユキ一家のことが念頭にある。

イルーナ達は、魔境の森に出る場合は必ずユキかレフィ、もしくはネルに同行してもらうということを、強く言われ続けているため徹底しているので、幼女組ならぬ少女組のみを外で見かける、ということは実際にはない。

しかし、リルを頭にした魔物軍団に、自分達の主がヒトの一家である、という意識を持たせるために、この点は必ず伝えているのだ。

それを守れない者は、『敵』と見なして即座に排除する、ということもまた、常に伝え続けている。

まあ、ヒトと違って魔物達は、上位者の言うことはほぼ必ずと言って良い程しっかりと守るため、今のところリル達によって排除された配下というのは、一匹も出ていない。

リルという絶対的な上位者の威厳が、強く浸透していることの表れだと言えるだろう。

基本的に、ユキが絡まない時のリルは、魔物達の王として相応《ふさわ》しいだけの気高さがあるのである。

ユキが絡んだ瞬間、中間管理職と言うべき苦労性が一気に出て来るのだが。

次に教えるのは、味方と敵の見分け方。

ダンジョンの、『始まりの洞窟《どうくつ》』とでも言うべき、草原エリアへと繋《つな》がる扉が置かれている洞窟。

そこから半径五キロ圏内はリル達の縄張りであるため、その内側にいる魔物は味方と判断して構わない。

判断が付かない場合は、自分の名を出して言葉を交わせば、敵かどうかの判別はすぐに付くだろう。

味方とは仲良くしろ。種が違えども、一つの大きな群れとして過ごしているため、喧嘩《けんか》するな。

どうしても相容《あいい》れない種がいる場合、互いに近付くな。そういう時の喧嘩はちゃんとこちらで仲裁するから呼べ。

以上のことを守るならば、この群れはお前を受け入れよう。この森は過酷な環境だ。である以上、生きていくには、助け合わなければならない。

ただ、お前は狼だ。ならば、群れでの生き方もある程度本能でわかるだろう。

と、一つ一つルールを伝えていたところで、リル達の様子に興味を引かれたのか、ユキのペット軍団の内、オロチとセイミが「新入りですかリル様」「新しい子～？」と、それぞれ言いたげに近くにやって来る。

ちなみに、オロチは噴気音で意思を示すことが出来るものの、セイミは全く喋《しゃべ》らないし鳴いたりもしないので、ふよふよと漂うその動きで意思を悟るしかないのだが、普段から共にいるリル達はセイミの言いたいことを問題なく理解することが出来る。

加えて、同じダンジョンの魔物であるため、相手の意思を明確な言葉にせずともある程度悟ることが出来るのだが……リルが個人的に配下にしている他の魔物達はそうもいかないため、セイミの意思を理解することは彼らの必須《ひっす》技能の一つだったりする。

セイミは普段、ただ気ままにふよふよと漂っているだけである。

特に怒ったりするような様子を見せたことは一度もないし、必要以上に配下達に絡んだりすることもない。

が、明確な上位者である。しかも、意思を把握しづらい。

何か不快に思うことをしてしまって、不興を買う訳にはいかないため、皆必死になってその意思を理解しようとするのだ。

「クゥ」

リルは頷《うなず》き、「比較的、我々に近い新入りだ。弱いが、主を守ろうとする気概は持っているようだから、まあウチでもやっていけるだろう」と話す。

その言葉に、意外そうな顔をするオロチとセイミ。いや、どちらもほとんど表情の動きに変化などないし、セイミに至っては「へー」という軽い反応くらいではあるのだが。

「シュウゥゥゥ」

オロチの、「なかなか知能が高いんですね。なら、確かにここでもやっていけそうだ」という言葉の後に、セイミは言った。

動きで感情を表した、と言うべきかもしれないが、とにかく言った。

――じゃあ、一発芸して！　と。

まだセイミの意思をよく理解出来ず、困惑した様子を見せるヒュージクロー・ウルフに、リルがそれを翻訳する。

「……グ、グルゥ？」

えっ、と再び硬直するヒュージクロー・ウルフ。

そんなものは持っていない。

そもそも芸とは何だ。何をしろというのだ。

だが、自身では絶対に敵わない上位者の、要望である。

彼はその高い知性で、とにかく何か面白いことをしなければいけないということだけを察し、必死に頭脳を働かせ――身体《からだ》を丸くさせ、言った。

「グルゥ」

毛玉、と。

無言。

停滞する空気。

後、セイミが評価する。

――面白い！　と。

「クゥ」

「シュウゥゥ」

リルとオロチの「良かったな、面白かったそうだぞ」「やるじゃないか、新入り」という言葉に、安堵《あんど》しつつ、ヒュージクロー・ウルフは思うのである。

大変なところへ来てしまった……と。

――理性のある者は、苦労する。

それが、ヒトと違う魔物社会の、ある側面なのかもしれない。

第二章　魔戦祭

魔境の森にて。

俺は、その短剣を構えると――投げた。

瞬間、短剣に込めていた魔力が一気に消費され、離れて待機させていたはずのリルが、その場に出現する。

「おぉ……」

「クゥ」

リルは辺りを見渡し、上手《うま》くいったことを理解すると、満足そうに鳴く。

「あぁ、これ、かなりいいな。もしもの時にすぐにお前を呼び出せるってのは、すごい便利かもしれん」

「クゥウ」

「はは、それは悪かったよ。けど、お前まで連れてったら、俺が俺だってモロバレじゃねーか。いや、まあ、元々フリ程度ではあったから、確かにそう本気で隠すつもりもなかったけどさ」

最近の戦闘で、自分を連れて行かないことに対する不満を溢《こぼ》すリルを、宥《なだ》めるように撫《な》でる。

何だかんだ言って、他のヤツらからすればお前って、魔物だからなぁ。ローガルド帝国内のような、人が非常に多い場所に連れて行くと、周囲のヤツが怖がるのだ。

――ローガルド帝国のテロで使われた、『転移の短剣』。

探してみたら、俺のＤＰ《ダンジョンポイント》カタログにもしっかり載っていたので、一本用意して試してみたのだが……素晴らしい。

込めなければならない魔力が莫大《ばくだい》な量である、ということと、一度発動するともう壊れて二度と使い物にならないということ。

加えて、一本当たりに必要となるＤＰが、俺が普段使いしている上級ポーション――つまりエリクサーという、外だと規格外の回復アイテムよりもさらに倍高いというデメリットはあるのだが、俺の場合はそれらがデメリットになりにくい。

かなり使い勝手が良いことがわかったし、数十本くらいは用意して、アイテムボックスに常備しておくか。

もしもの時のために、イルーナ達に持たせている、空間魔法が発動可能なポーチの中にも入れておこう。

これで、彼女らを外に出す、ってことになっても多少は安心出来るだろう。事前に俺が魔力を込めて、発動可能な状況にしておかないとな。

そう言えば、ウチに新しく連れて来た、ヒュージクロー・ウルフ。

面倒を見させていたリル曰《いわ》く、コイツが結構しっかり知性を持った、賢い魔物ということだったので、呼んで来て色々と話を聞いてみたことで、わかったことが幾つかある。

やはりヤツらは、生み出されてから一度も戦いに出たことがなく、封印でもされていたようだ。

ヒュージクロー・ウルフの自意識では、ダンジョンの知識を埋め込まれながら召喚され、何かよくわからないが眠りにつき、次に起きた時には俺の目の前だったという。

コイツらからすれば、生まれて数瞬で、即化け物相手の戦闘である。

そのことを考えると、俺が殺した他の魔物達も、ちょっと不憫《ふびん》ではある。ダンジョンの魔物としては、それが仕事の一つと言えるのかもしれないが。

連れ帰ったヒュージクロー・ウルフみたいに、もうちょっと知能が高ければな……恭順さえすれば、同じようにウチに連れ帰ってやったものを。

封印方法は、わからない。

ダンジョンの機能を一通り見てみたのだが、特にそれらしいものも見つけられなかったので、恐らくダンジョンとは関係のない、何かしらの魔法技術によるものなのだろう。

ローガルド帝国は、その研究が盛んだったようだからな。

まあ、正直そっちは興味がないからどうでもいい。ほとんど吐き出させたはずだが、まだ封印されている可能性を考え、その場所の捜索は必要かもしれないが、俺が関与することでもないだろう。

例の元老院議長の尋問が現在も続いているそうなので、そちらからの情報が合わさって、その内何かしらの進展もあることだろう。

魔物達の出自だが、恐らく生み出されたのは、前皇帝シェンの時代よりもさらに前なのではないか、と思う。

少なくとも、シェンがこの魔物達の存在を知らなかったことは確認が取れているので、アイツによって生み出されたものではないはずだ。

魔界王は、「……もしかすると、協力させる対価として、皇帝が高位貴族に魔物を配った過去があったのかもしれないね。それらしい記録も見つからない以上、相当な裏取引があったのかもしれない」なんてことを言っていた。

召喚された詳しい時期、今まで使われなかった理由、誰《だれ》が所有していたのか、わからないことはまだまだいっぱいあるが……ま、そっちに関しても、俺は関与しなくて良いはずだ。

まだ、全《すべ》ては終わっていない。魔戦祭を終えるまで、このテロ事件の全ては終わらない。

だが、謎の追求は俺の仕事じゃない。もう、俺に出来ることは少ない。

……いや、嘘《うそ》だ。全然少なくないのだが、ただそれらは、あくまで脇役としてやることしかない。

早くただの魔王に戻って、家族とのんびり過ごし続けるだけの日々を過ごしたいものだ。

魔王に戻った方がのんびり出来るって、なんかおかしな気もするのだが。

「そういや、リル奥さんの方は、どうだ？　体調とか、問題ないか？」

「クゥ、クゥウ」

「そうか……何かあったら、ちゃんと言えよ。獣医……は、流石《さすが》にこの世界にはいないかもしれんが、出来ることならなんでもやるからな」

「クゥ」

感謝するように鳴くリル。

――そう、実は、リル奥さんも妊娠していることがわかった。

ウチの子らの方が生まれるのは早いはずだが、犬の妊娠期間って確か短かったはず……いや、犬じゃない上に、それがしかもフェンリルともなるとどれくらいなのか全く見当も付かないのだが、まあウチの子が産まれる前後に、リルの子も産まれるんじゃないかと思う。

リル達の子供か……それはもう、モッフモフで、サラッサラで、超絶可愛《かわい》いんだろうな。

是非とも、ウチの子らと、兄妹《きょうだい》として育ってほしいものである。

「お互い、こっからさらに、頑張らねぇとな」

「クゥ」

俺は、リルの額と、コツンと拳《こぶし》を合わせた。

◇　◇　◇

過ぎて行く時。

魔戦祭に向け、一つ一つ進めていく日々。

テロの後始末を手伝ったり、魔界王の要請で政治の場に顔を出したり、ちょっと強めの魔物を狩ったり、ドワーフ達とものづくりを語り合ったり、悪巧みを練ったり、近衛《このえ》騎士達の競技の練習に付き合ったり。

色々と問題が起き続けたここ最近ではあったが、一段落した後はどうにか順調に物事が進み始め

ている。

まあ、それでも完全に問題が無くなった訳じゃないんだがな。そもそも新しい試みをしている最中で、しかも諸事情で魔戦祭は当初の開催予定より巻いて行うことになった訳だし。

延期ならともかく、予定を早めるとなるとそれまでに練られていた様々な計画を練り直さなければならない訳で、この前魔界王とドワーフ王ドォダの会話を聞いていたのだが――。

「おまっ、儂《わし》らぁ、これでも相当早めて工事進めてんだぜ⁉　まだ早めろってのか⁉」

「でも、ドォダ君なら出来るでしょ？　お願い、僕達もちゃんと協力するからさ。どうしても必要なんだ。頼むよ」

「……チッ、しょうがねぇな……となると幾つか作るのやめて、その分本丸の工事を中心に計画を練りなおしゃぁ、何とか……」

「あ、悪いけど作るものは全部作ってね。今回ドォダ君に作ってもらってる施設、全部必要なものだから」

「儂を過労死させる気か⁉」

――という二人のやり取りは、よく覚えている。

なお、言葉で魔界王に敵《かな》うはずもないので、全てヤツの思惑通りに話が進んだのが恐ろしいところである。

その分資材の融通や、人の派遣等を、当初の数倍の規模で行ったそうだが、むしろそのせいでドォダに掛かった負担も倍以上になったことだろう。

なんか、本当に忙しそうだったので、俺も力仕事で手伝えるところでは、工事を手伝っていたくらいである。

陛下にやらせることじゃない、とか何とか、警備の人らがすんごい慌てていたのだが、そう言われても時間がない以上しょうがないので、「必要だから」と押し切って工事を手伝った。

ぶっちゃけ、皇帝の仕事とかをさせられるより気苦労がなくて楽だった。うん。

ドワーフ王にそれだけ無理をしてもらった甲斐《かい》あって、競技場付近の建築は全て、どうにかなるだろうというところまで進めることが出来、細かいところを抜けば競技場自体はもう稼働可能な状況にまでなっている。流石である。

ドワーフ王が命名した競技場の名前も、大々的に布告されており――『アトヴォイニ・ドミヌルス』。

古代ドワーフ語らしく、意味は「世界に手を」。

この工事は、ドワーフという種が持つ、ものづくりの強さを改めて世界に知らしめることが出来たと言えるだろう。

これで彼らの進出が進み、『ドワーフ建築会社』とか作って、様々な国で利用され始めるようになったら嬉《うれ》しいものだ。

それは、王達の求める『多種族が共存可能な社会』そのものなのだから。

人使いの荒さのせいで、魔界王が何とも悪辣《あくらつ》に見えるが、ただアイツはアイツでずっと、忙しくしている。

一国の差配ですら大変だろうに、それに加えてローガルド帝国の大部分の差配も行い、加えて他種族との利害調整もほとんどヤツが行っていると聞いている。

エルフの女王ナフォラーゼや、アーリシア王国国王レイドも、その辺りの事柄には協力しているようだが、仕事量で言えば他の王達とは比べものにならない量を捌《さば》いていることは間違いない。

それを、特に疲れも見せず、ケロッと涼しい顔で熟《こな》している辺り、大したものである。本領発揮と、なんか楽しそうだしな。

ローガルド帝国の諸々《もろもろ》はこんな感じだが、この日々の中で俺にとって最も重要な事柄と言えば――お腹《なか》が大きくなっていく、レフィとリューのことだろう。

一目見て妊婦、というのがわかる程には二人のお腹は大きくなっており、そこにある命をしっかりと感じられる程になっている。

俺達の、子供の命を。

出産時期は大体同じくらいで、魔戦祭よりも後になるだろうことはわかっているのだが、正直に言って、若干俺は、すでにソワソワしてきている。

魔戦祭とか、ぶっちゃけもうどうでもいい。

いや、どうでもいいことはないか。俺にとってもここは区切りだ。

だが、優先順位で言えば二つか三つは下に来る。リル奥さんの方の出産もあるしな。

――という訳で、ソワソワが抑えきれない俺は、ＤＰカタログを存分に用いて、子供達のための要具を、もういっぱい用意していた。

「よし、これだけ用意しときゃあ、十分だな！」

「あー……ユキ」

「おう、何だ、我が妻レフィ。これを見て、何か必要なものとか、欲しいものとかがもっとあるならば、聞こうではないか！」

「気が早い」

レフィは、苦笑しながら言った。

「こういうものを用意しておきたくなる気持ちはわかるがの。お主ならば、すぐにその場で出せるんじゃから、生まれた後で良いじゃろうに。邪魔とは言わんが……どうすんじゃ、こんなに出して」

「大丈夫だ、俺のアイテムボックスに全部突っ込んでおくから！」

「お主のその、とりあえずあいてむぼっくすに何でもかんでも入れるクセ、直した方が良いかもしれんな。またゴミ、溜《た》まっとるじゃろう」

「ゴミじゃないです！　俺にとって大事なものだけが入ってるんです！」

実際のところ、一回使ったらもう二度と使わないような、そういうアイテムなんかもいっぱい入っているのだが……いや、これらは決してゴミではない。

また再び、いつか「あっ、これがあって良かった！」と思う日が来るはずなのだ！

……今更だが、多分俺、片付け出来ない性質《たち》なんだろうな。

バカデカい容量のアイテムボックスがあるおかげで、ゴミが散乱――いやゴミじゃない。物が散乱しないで済んでいるのだろう。

俺一人なら、ダンジョン自体も散らかしてしまいそうだが、その辺りはレイラやネルが適宜掃除してくれるし、幼女組ならぬ少女組がいるのもあって、なるべく片付けなきゃ、って意識も働くし。

「よし、その内また、お主のあいてむぼっくすの中の整理をするか。儂が片っ端から燃してやろう」

「やめたまえ」

お前、容赦ないんだもん。

イルーナ達相手の時は、何だかんだ「全く、しょうがないのぉ。次からはちゃんと片付けておくんじゃぞ？」と手心を加えるのに、俺の時はその容赦がない。塵《ちり》すら残らない炎で遠慮なく燃やしてくる。

俺の試作品の数々を燃やしたこと、忘れはせんぞ……と言っても、本当に俺が気に入っているものを燃やされたことは一度もないのだが。

やれやれ、と言いたげな顔でレフィは、俺が出した幼児用おもちゃグッズを一つ一つ見ながら、口を開く。

「そう言えば、お主らがやっている……何じゃったか、ませんさい？　は、もうすぐなんじゃったか？」

「あぁ、もうちょっとだ。問題もほとんど片付いて、開催の目処《めど》も立った。何とかなるだろうな。お前らも見に来いよ。皇帝権力を乱用して、俺達専用のＶＩＰルームもしっかり作ってもらったからよ！」

「散々皇帝を面倒と言っていた割に、そういうところはちゃっかりしておるの」

「そりゃあ、こういう時に権力使わなきゃ、普段頑張ってる意味もないってもんだ。俺に愛国心なんてない訳だし」

祖国のため、なんて思いは俺に存在しない以上、理想のために、とは思っても、タダ働きは嫌ってもんだ。

まあ、だからやっぱり、俺は皇帝をやめた方がいいんだろうな。

そのための話も、しっかり進みつつある。仮称『第0騎士団』設立も、問題なく行けそうだ。

「酷《ひど》い皇帝じゃの」

「俺は魔王だからな、自分の欲望にだけ忠実なのさ！」

俺は笑ってそう言うと、少し気を遣いながらレフィを抱きかかえ、膝《ひざ》の上に乗せる。

レフィもまた、抵抗することなく、俺に身体《からだ》を預けた。

「では、ませんさいに参加し、その後に恐らく儂らの出産、それらが済んだ後に、予定通りイルーナ達を学校に通わせる、という感じかの」

「そうだな、そうなる。エンの説得が無事済んで、助かったぜ」

「カカ、あの子は、自身の矜持《きょうじ》に真っすぐじゃからの。曲がらず、折れぬ刃《やいば》。そのものじゃ」

「あぁ……かっこいいよな、生き方が。エンと一緒にいると、背筋伸ばして、毅然《きぜん》とやってかないとなって常々思うよ」

「お主は割合姿勢は良い方じゃが」

「おう、小ボケ挟んでくるじゃねーか」

「面白かったじゃろう？　笑え」

「何だその新しい圧の掛け方は」

そのどうしようもない小ボケで、何故《なぜ》そう自信満々なのか。

「お主は儂の旦那《だんな》じゃろう？　妊婦の妻の精神を慮《おもんぱか》って、その機嫌を良くすべく、どんな小さなボケでも笑うべきじゃな」

「どっひゃあ！　やべぇぜレフィさん、超面白《おもし》れぇ！」

「良し」

「あ、いいんだ。今ので」

それなら俺でも何とかなりそうだ。

案の定、学校に通うということに関して、エンは最初、俺から長期間離れることを嫌がったのだが、もし何か危険があることをする場合は必ず呼ぶ、ということを条件にして、どうにか納得してもらった。

説得はかなり難航したが、無事に頷《うなず》いてくれて、ひと安心である。

入学時期は、レイラ曰《いわ》く、良いタイミングがレフィ達の出産予定後にあるとの話なので、そこで入学することになった。

ついこの間、俺のみで羊角の一族の里にもう一度向かい、レイラの親とも言えるお師匠さんの、エルドガリア女史と再会し、手続きも済ませてある。

……イルーナ達の、入学か。

本当に、感慨深いものだ。

俺が育てた、なんておこがましいことは言えないが……皆で協力して、ここまで来た、という思いがある。

一家として、一緒に成長して、ここまで来た。

そしてそれが、これからも続いて行くのだ。

「どうした、ユキ？」

「いや……ただの幼女だったイルーナ達が、学校に通うんだなって思ったら、感慨深くてさ」

「カカ、前も同じことを言うてたぞ」

「何度でも同じように思っちまうんだよ」

「……そうじゃな。儂も同じじゃ」

耳に心地《ここち》良い、レフィの声。

全身で感じる彼女の重みと、匂《にお》い。

以前よりも少し重くなった、二人分の体重。

「レフィ」

「ん？」

「幸せだな」

レフィは、薄く笑みを浮かべ、俺の頬《ほお》に軽く口づけをし、再びこちらに身体を預けた。

◇　◇　◇

「——よし。やれることはやったか」

ローガルド帝国訓練場にて、競技に出場する近衛《このえ》達との練習を行っていた俺は、一つ息を吐いて、そう溢《こぼ》す。

魔戦祭は二つ競技を行うが、その内『バトル・フェスタ』に出場する、ローガルド帝国第一騎士団の者達。

皆、製造が間に合った専用の防具を身に着け、汗を垂らし息を切らしながらも、充実した良い表情をしている。

初の競技であるため、まだまだ至らない部分はあるのだろうが……時間いっぱい、色々忙しい中で、皆よく練習してよく頑張ってくれた。

「えぇ……とりあえず、仕上がった、とは言えそうです。やれることは、やったかと」

色々共に仕事を熟し、意思疎通もやりやすくなった第一騎士団副団長、ヘルガー＝ランドロスもまた、汗を拭《ぬぐ》いながら、満足そうに頷く。

「この短期間で、流石《さすが》、精鋭だな。大したもんだ。日中仕事もして、疲れてるだろうに」

「はは、我らと同じだけ動いて、ケロリとしていらっしゃる陛下がおりますから。あまり、泣き言を言う訳にもいきませせぬ」

「自分で言うのもアレだが、俺は比較対象として相応《ふさわ》しくないだろうぜ。その気になれば三日くらいは不眠不休で動き続けられるだろうし」

今の俺ならな。やんないけど、そんなダルいこと。

と、俺達の練習が終わったことを察して、手伝いに来てくれていたレイラとネルが、こちらに声を掛ける。

「皆さん、お時間、もうそろそろですよー」

「おにーさん、ご飯の準備遅らせることも出来るけど、どう？」

「おっ、わかった。いや、そのまま普通に準備頼むわ。――お前ら、ここらで切り上げて、予定通り飯にするぞ！」

『おぉ！』

近衛達の、野太い歓声。

そうして俺達は、練習を切り上げると、片付けやら準備やらに取り掛かる。

彼らには、色々手伝ってもらった。

だから、感謝を示しがてら、こういう交流も必要だろうと考え、彼らの家族を呼んで共に飯を食うことにしたのだ。

もうすぐそこに迫っている魔戦祭に向けての、決起会のようなものだ。

飯の準備は、近衛達の奥さんなどの家族が手伝いに来てくれており、先程までネル達と談笑していた。

随分と楽しそうにやっていたのを見ているが、ただこれはウチの二人が、如才なく対応してくれた結果でもあるだろう。

一応皇帝の妻という立場がある訳だが、二人とも愛想良いし、こういう対応に慣れてるからな。

レフィとリューだと……レフィは意外と何でも出来るだろうが、リューは緊張して何か失敗しそうだ。

いや、アイツも実はお嬢様だし、意外といけるか？　どうだろうな。

「どちらも、陛下の奥方様でしたな。しかも、あちらの人間の方のお嬢さんは、大国アーリシア王国の勇者……いやはや、ロマンスの香りがしますな！」

「まー、色々あったことは事実だな。……あぁ、そう言えば、俺の本拠地の話はしたことなかったっけか。俺の家はアーリシア王国の向こうにある魔境の森ってところなんだが、その関係であそこの国とはそれなりに付き合いがあるんだ」

「ほう、なるほど、そういう理由が……いえ、少々お待ちを。魔境の森？　あの、原初の大自然が残ると言われる、秘境の地に？」

「おう、そこ。家族で住んでるんだ」

こういう反応も、何だか久しぶりだな。

今更だが、この国で俺の素性って、どんな風に伝わっているのだろうか。

「……な、なるほど。環境の過酷さが、陛下のお力の秘密、ということですか」

「それはあるだろうな。最初は何度も死にかけたし、酷《ひど》い目に遭ったぞ。どうにか今まで生き延びることが出来たおかげで、今の強さまで成長出来た、というのは理由の一つだろうよ」

俺が魔境の森という環境に育てられたことは、間違いないだろう。

「……陛下と、配下のあの魔物達と共にいても、倒せない相手、と？」

「そんなのいっぱいいるぞ。俺達なんてまだまだ弱い方だ。上には上がいるのがこの世界だ」

西エリアで、戦うことは出来るようになった。ある程度勝てるようにもなった。

が、俺より強い生物も数多くいる。

ペット軍団総出で戦って、勝てるかどうか、というレベルの相手もいる。

俺の強さなど、その程度のものだ。

「……よく、そのような場所で過ごすことが出来ますな」

「はは、まあそう思うよな。俺もそっちの立場だったら、そう思う。ただ、今はもうあそこでの過ごし方も慣れたし、ダンジョンの力で安全地帯の確保は出来てるから、不自由なく暮らせてはいるぞ」

元レフィの縄張りで、かつ現在も俺達の本拠に程近いため、レフィの気配を感じて極端に魔物の少ない北エリアを除き、東エリア、南エリアにはもう、俺達よりも強い魔物はいない。

で、肝心の西エリアの魔物は、そもそも引きこもりなので、魔素が非常に濃いあそこから滅多に出て来ない。

森での過ごし方を確立した今は、油断したら死ぬだろうが、余裕こかなきゃ普通に暮らせるようにはなったと言えるだろう。

「話を戻すが、妻に関しては、あと二人いるんだが、身重だから流石に連れて来なかった。競技会当日には連れて来るから、その時挨拶《あいさつ》させるよ」

「四人も……うーむ、豪気《ごうぎ》ですな」

「こっちも、やっぱり色々あってさ。気付いたらこんな感じだ」

その俺達の会話に、他の近衛達が参加する。

「我々は一人の妻でもう、大変なものだと言うのに。流石ですよ、陛下」

「この気苦労を考えると、一人で十分だと思ってしまいますね」

「いやはや、上手《うま》く付き合っていくコツでも聞きたいところですな」

「俺は特に何にもしてないさ。俺は色々ダメダメだが、それをウチのが補ってくれてるんだ。まー、上手く付き合うコツをあえて言うならば、妻には逆らわないことだ。特にウチなんか、四人いて軍団を形成してるから、それはもう恐ろし——おっと、何でもない」

「ははは、確かに。騎士学校時代に恐れられた鬼教官と、現在の妻。どちらが恐ろしいかと言えば……口にはしないでおきましょう」

「そうだな、それがいい」

「おにーさん、今の発言バッチリ聞いてたからね」

「酷いですねー。私達は、ただ旦那様のために尽くしているだけだというのに。ねぇ、皆さんー」

ネルとレイラの言葉の後に、それぞれの近衛の奥さん方が「そうですそうです！」「あなた、覚えてなさいね」「帰ったら、ねぇ？」と自分達の旦那に笑顔の凄《すご》みを見せている。

うむ、やはり、奥さんの尻《しり》に敷かれている者が多いようだ。

君達は同志だ。仲良くしよう。

そんな雑談をしている内に、飯の用意が終わり、ヘルガーが俺へと言った。

「では、乾杯致しましょうか。陛下、音頭と、魔戦祭に向けて一言、お願いできますでしょうか」

「ん、わかった。——諸君、とうとうだ」

それぞれ、手に乾杯用のグラスを持ち、俺の言葉を聞く近衛兵達。

「色々あって、ここんところは大変だったが……全《すべ》ては、この魔戦祭を無事に終わらせるため。開催さえ出来れば、満足だ——なんてこたぁ思ってねぇだろうな？」

煽《あお》るように笑みを浮かべ、言葉を続ける。

「無事に開催して、そして開催国として、優勝する。それでこそ、この国の覇を見せられる。この国の強さを、見せ付けられる。勝て、テメェら。他ならぬその手で、ローガルド帝国の精強さを、見せ付けてやれッ！」

『オォッ！』

男達の、熱の籠《こも》った声を聞き、俺は言った。

「勝利にッ！」

『勝利にッ！』

俺達は、グラスを掲げた。

◇　◇　◇

――そして、その日は訪れる。

魔戦祭当日。

一週間前から、飛行船や船、馬車などで帝国にやって来た客が、次々と競技場『アトヴィイニ・ドミヌルス』へと向かって行く。

ローガルド帝国帝都『ガリア』に存在するホテルは、この魔戦祭に合わせて新しく作られたものも合わせ、ほぼ全てが満室という客入り具合であり、当然この国の者達もまた今日この日を楽しみにしていたため、そこには人の絨毯《じゅうたん》が出来上がっていた。

人、人、人。

この機会にと、数多《あまた》の商会が出店を展開し、雑技団などが広場にてパフォーマンス等を行っていたため、開催の数日前からすでに盛況ぶりを見せていたのだが、今日この時の比ではない。

あまりの人の多さに、動員された兵士達がひっきりなしに声を張り上げ、混雑緩和のための誘導を行っており、そのおかげでどうにかカオスが避けられているような状況である。

そして、競技場『アトヴィイニ・ドミヌルス』は、この世界において最新鋭の設計が行われた、つまり客の収容可能数もこの世界で最も多いであろう規模の建築物となっているのだが、すでに客席はあと三十分もすれば全て埋まるだろうという程で、立ち見席もまた混雑が生まれていた。

単独の種だけではない、数多のヒト種が集い、生み出されたこの光景。

人々はそれを見て、あまりの混雑さに苦労しながらも、時代が変わったことを感じ取り、高揚し、次の世界の在り方を見て取るのだ。

——まあ、俺達は、ウチの家族専用のＶＩＰルームがあるから、その人の多さとは無縁で超快適なのだが！

「うわぁ……！　すごいね、おにいちゃん！　わたし、こんなにたくさんの人見たの、初めて！」

「シィも！　これ、なんびゃくにんくらい、ヒトがいるノ⁉」

「……何百どころじゃない。何万」

興奮していることがよくわかる三人の言葉の後に、同じく興奮状態のレイス娘達が、忙《せわ》しなく室内を飛び回り、彼女らの感情を表している。

「ドワーフ王の話だと、確か最大収容可能人数は、十万だったかな。まず間違いなく、この世界で最大の競技場だ」

「十万⁉」

「じゅうまん！」

「……多過ぎて、もうわからない」

「カカ、それは儂《わし》らも、じゃな。凄《すさ》まじいものじゃのぉ、ヒトという種は」

「すごいね……もう、この人の数だけで、圧倒されちゃうよ」

「うひゃあ、あの客席の人達、大変そうっすねぇ……ちょっと申し訳ない気もするっすけど、ウチらだけ個室で助かったっす」

「お前とレフィの状態で、あんなところ座らせられないしな」

「そうですねー……レフィ、リュー、子供のこともありますから、体調の変化がありましたら、すぐに言ってくださいねー？」

「はい、大丈夫っす！　何かあったら、しっかり頼るっすから」

「うむ、わかっておる。頼りにしておるよ」

大人組もまた、いつもよりテンション高く、ＶＩＰルームから見える外の光景に見入っている。

なお、この部屋だが、ドワーフ達がメチャクチャ凝った品の良い内装にしてくれた上に、俺がＤ　Ｐ《ダンジョンポイント》カタログを用いて快適に過ごせるよう色んなものを置いたので、ソファはふかふかだし冷蔵庫はあるし、仮眠もとれるようになっているし、ウチに繋《つな》がる扉も設置してある。

執事とかメイドとか、そういうのこそいないが、まあウチの家族でいる間は、むしろいらないだろう。呼べば来てくれるようにはなってるしな。

ただ、何と言うか、こう……。

「それにしても、アレじゃな。ここが、品の良いことはわかるのじゃが……何と言うか、見覚えのある感じというか、安心感があるというか」

「言いたいことはわかるぜ」

そこはかとなく漂う、我が家感よ。

これは間違いなく、俺が用意したＤＰ製品によるものだだな。ウチに置いてあるアイテムと、同じものが幾つか置いてあるのだ。

性能が一番良いのを用意したら、こうなった。目新しさがない。

「あはは、確かに。我が家の延長線上の場所って感じはあるね。……こうやって考えると、やっぱりウチって、実は結構贅沢《ぜいたく》してるんだね」

「それはそうっすよ。ご主人の話だと、それこそ違う世界の、違う発展をした、違う時代の道具の数々な訳ですし」

「私の里も、魔法技術が結構進んでいましたが、我が家程ではないですねー。少し、家事炊事の甲斐《かい》がないくらい便利ですからー」

実は我が家は、生活水準という点で考えたら、皇帝に相応《ふさわ》しい生活をしているのかもしれない。

――それにしても、本当にすごい人の数だ。

この人の多さは、恐らく前世であっても多い方だろう。

デカさだけで人を感動させるであろうサイズのこの競技場に、満杯に人が入っているのだ。ここからまだ増えるだろうし。

しかもそれが、単独の種ではなく、数多のヒト種によって織りなされているのだ。

この世界で、今までこんな光景を見ることは、不可能だった。

その分どうやら、喧嘩《けんか》も幾らか起こっているようなのだが……まあ、これはある程度仕方ないだろう。動員されている兵士諸君、頑張りたまえ。

なんて、我が家の面々でのんびりしていると、ＶＩＰルームの扉をコンコンとノックされる。

俺が入室の許可を出すと、顔を覗《のぞ》かせたのは、一人の執事。

顔見知りの、以前ウチの家族が精霊王と魔界王と共に帝都観光する際色々と手配をしてくれた、仕事が出来る執事――で、裏の顔に、密偵組織『アーベント』の長《おさ》という肩書を持つ男だ。

名前は確か、カルケイド。

なるほど、俺達付きで配属されたのは、この執事だったか。

「陛下、そろそろお時間でございます」

「わかった、すぐ行く」

「……お主が陛下と呼ばれておるのを聞くと、やはり笑ってしまいそうになるの」

「あはは、同感っす」

「悪いけど、僕も」

「失礼ですが、私もー……」

言っておくが、君達。それは俺が一番思っていることだ。

◇　◇　◇

「フゥー……」

控室にて、アルヴェイロ＝ヴェルバーンは、大きく息を吐き出した。

怒濤《どとう》の変化の日々。

彼が、ただの一議員という立場から変わった後、暇な日などは一日も無くなり、朝から晩まで仕事で駆けずり回る毎日が続いている。

これは、確かにアルヴェイロが望んだことであり、必要なことだと断じたものであるが……正直なところ、テロ容疑者として捕らえられていた時の方が気楽だったかもしれない。

ただ、それだけ忙しい日々も、全ては今日、この日のため。

祖国に対する忠義を、見せる時が来た。

「アルヴェイロ議員。緊張しておいでですかな」

そう彼に声を掛けるのは、第一騎士団副団長、ヘルガー＝ランドロス。

「……流石《さすが》にな。この人の数だ、緊張しないと言ったら嘘《うそ》だろう」

「はは、確かに。私自身、これだけの人を見るのは……例の大戦以来です」

「……そうだな」

二人の脳裏に浮かぶ、まだ記憶に新しい戦争。

あそこから始まり、今日に至るまでの変革の日々。ローガルド帝国人ならば、ここまで苦労してこなかった者など、誰一人としていないだろう。

それは、アルヴェイロも、ヘルガーも、同じこと。

そして、国政に非常に近い位置にいる二人だからこそ、感傷もまた、ひとしお強く。

「ユキ陛下には、大変お世話になっております。我々は、今後も彼と長らく付き合っていくことになるでしょう。何より、それが前皇帝シェンドラ様の望みでありますれば」

「その通りだ。ユキ陛下は、ユキ陛下なりに我々のために行動をしてくれた。我々のために戦ってくれた。しかし……他の何は良くとも、国のトップだけは、この国の者でなければならない」

「まあ、そもそもユキ陛下は、皇帝という職に、本人からして乗り気でありませぬからな」

「あぁ。義務のつもりなのだろうな。頼まれ、承諾したから、仕事を熟《こな》している」

「意外と義理堅いということを、シェンドラ様は見抜いておられたのでしょう。……今更ながら、あの人の思考は、いったいどうなっていたのか、気になるところです」

「それは私も常々思っていた」

二人は、笑う。

「何はともあれ、まずは、今日を生き延びねば」

「ええ、その通りです。……無事にここに戻ってくること、応援しておりますよ」

やがて、時は訪れる。

スタジアムの真ん中に現れたのは、若い青年。

魔帝ユキ。

その姿を知っている者よりも、知らない者の方が数多くいるだろうが、準備に駆け回っていたスタッフが全員脇にはけ、彼一人がスタジアムに現れたことで、何かしらのイベントが始まったのだろうことを察し、あれだけの喧騒《けんそう》が少しずつ小さくなっていく。

そうして場の空気が醸成されたタイミングを見計らい、彼は堂々と、緊張した様子もなく、声を張り上げた。

『諸君！　俺は、ローガルド帝国第二十三代皇帝、ユキ！　今現在、この国を預かっている者だ！』

魔道具で拡張された声が、広い空間に響き渡る。

その言葉を聞き、「あれが……」「若いとは聞いていたが……」「魔王、という噂《うわさ》の……」「あの、ヒトとは思えないオーラ……なるほど」などという声が至るところから聞こえてくる。

ローガルド帝国人でさえ、彼の姿を知る者はごく少ない。何かしら式典などを行い、大々的に帝位を継承した訳ではないからだ。

人間はあまり、強さに対して敏感ではないため、ようやく知ることが出来た皇帝に若さを感じるのみであるようだが……他の種族はどうやらそうではないらしく、畏怖《いふ》と敬意を感じられる眼差《まなざ》しを送っているのが、控室から客席を見ているアルヴェイロには、よくわかった。

『この国を預かる者として、今日この日を無事に迎えられたこと、偏《ひとえ》に感謝しかない！　何より、非常に短い工期ながら、無事にこの競技場を完成させてくれた、ドワーフ王ドォダと数多《あまた》の職人達！　彼らに心からの感謝を！』

すると、スポットライトの光が貴賓席へと向けられ、そこにいた拳《こぶし》を掲げている一人のドワーフの姿を映し出す。

この、世界で最も先進的であると評された競技場を建設した、ドワーフ達の王。

大きな拍手が、彼を包み込む。

『各国の王達にもまた、感謝を示したい！　彼らの協力が無ければ今日この日は訪れず、この競技会の開催もなかった！　魔戦祭のために協力してくれた、全《すべ》ての方々にも、心からの感謝を！』

その言葉に起こる、再びの大きな拍手。

それにしても、大した度胸だ。

彼は自身を皇帝に相応しくないと考えているようだが、これだけの観衆に対して一切物怖《ものお》じしていないその姿には、大いなる威厳が存在している。

支配者として相応しいだけの、胆力。

アレを超えるのが自身に課された使命であるが……口で言う程、簡単ではないことは間違いない。

『そして――魔戦祭を始める前に一つ、ここにいる皆に、見届けてもらいたいことがある！』

――来たか。

『ローガルド帝国人は、思っているだろう！　魔戦祭をこの国で開催出来たのは喜ばしい。だが、やはり国の政治は、他国の者に握られたままなのか、と！　戦争に負けた、それは仕方ないこと、だがいつまで敗戦国という立場に甘んじなければならないのか、と！　実際に俺は、その思いに何度か触れてきた！』

彼の言葉に、観客達のざわめきが増していく中、アルヴェイロは座っていたベンチから立ち上がる。

「よし、行ってくる」

「あなたに傅《かしず》く時を、お待ちしております」

ヘルガーに見送られ、アルヴェイロは一人、スタジアムへと出る。

途端に、彼へと集中する視線。

『いいぜ、お前達がそう思うのならば、この国の皇帝として、覚悟の程を見てやる！　お前達の思いが本物だと言うのならば、この、魔帝ユキに立ち向かってみせろ！　――なぁ、アルヴェイロ＝ヴェルバーン！』

アルヴェイロは、ユキと少し距離を置いたところで、相対する。

不敵にニッと笑っている魔帝ユキに、アルヴェイロもまた、意志を奮い立たせるために、意図して笑みを浮かべてみせる。

『この男は、アルヴェイロ＝ヴェルバーン！　ローガルド帝国の議員だが……今はそれは、関係ない！　コイツは、何も無き、ただの挑戦者！　意志と能力を見せ、自らが挑戦に足る者だと示してみせた、一人の男！　ならば、お前の持つ思いを、覚悟を見せてもらう！』

魔帝ユキの話が続いている間に、観客席に広く展開したエルフの魔法使い達によって、防御用の魔法が張られていく。

これは、競技を行う際にも同じものが張られる予定だが、恐らく出力で言えば……今の方が、圧倒的に高いのだろう。

何が起こるのかと、競技場全体のどよめきが増し、同時に熱気が増していく。

「準備は、いいか。アルヴェイロ＝ヴェルバーン」

「……いつでも」

その瞬間、魔帝ユキから放たれる威圧感が、空間を捻《ね》じ曲げん程に増大し、それがアルヴェイロの全身に、細胞に、精神に、多大なる圧力をかけ始めた。

――魔王を超える者は、勇ある者でなければならない。

この混沌《こんとん》とした世界を生き抜き、一国を従え率いる者は、英雄でなければならない。

これは、そのための儀式。

新たに国を率いようとする者が、いったいどれだけの覚悟があるのか、問うためのもの。

抑えていた気配を全開にし、容赦なくそれを、アルヴェイロへと浴びせる。

近場ならば、気絶して動けなくなってもおかしくない程の威圧感。

魔物であっても一目散に逃げ始め、周辺から一切の生物がいなくなるであろう圧力。

実際客席の方では、エルフ達が最大強度で防御結界を張っているにもかかわらず、恐慌を来《きた》しかけている観客達の姿が窺《うかが》える。

動員されている警備の兵士達が、必死に「こちらに危険はありません！　落ち着いてくださ い！」と声を張り上げているおかげで、どうにかなっているような状況だろう。

この儀式の、ルールは簡単。

威圧する俺の元へ、ただ辿《たど》り着《つ》けばいい。

もっとも、それが言葉で言う程簡単なものでないことは、観客の様子を見れば、すぐわかることだろう。

しかし、この国を率いていくのならば、この程度は耐えてもらわなきゃならない。

所詮《しょせん》、今俺がしているのはただの威圧であり、皇帝としてその身に降りかかる苦難は、この程度では済まないはずなのだから。

勿論《もちろん》ぶっつけ本番ではなく、訓練して今日ここに至っているが、何度も気絶し、疲労困憊《こんぱい》ながら俺のところまで来ることが出来たのは、わずか四回程。

これ以上は命の危険があると判断され、途中で訓練を終えた回数は数え切れない程。

だから失敗する可能性も十分にあるのだが、途中で気絶した場合は水をぶっ掛けて起こし、出来るまでやらせる。

倒れても倒れても立ち上がり、そして俺へと立ち向かう姿を見せれば、英雄として相応《ふさわ》しいと言って良いはずだ。

あまりにも気絶し過ぎて、一歩も進めず、命に関わると判断された場合は流石に失敗となるが……まあ、そうならないために今日まで訓練をしてきた。

そこに関しては、アルヴェイロに頑張ってもらうしかない。

俺に対する恐れとかも増えるだろうが、その分新皇帝に対する帝国民の同情も増えるだろう。別に俺、この国の民にどう思われようが興味ないしな。

と、その時、俺の圧力を一番近いところで一身に受けていたアルヴェイロが、ダラダラと大量の冷や汗を垂れ流しながら、ドサリと両手と両膝《りょうひざ》を地面に突《つ》き、四《よ》つん這《ば》いの恰好《かっこう》となる。

――ダメか。

このまま気絶するかと思った俺だったが――。

「この、程度……ッ‼　我が、覚悟と比べればァッ……‼」

膝《ひざ》から力が抜け、地面に両手と両膝を突いてしまったアルヴェイロは、だがそのまま全身で崩れ落ちることを、良しとしなかった。

フィールドの土を掴《つか》むように両手を拳に変え、身体《からだ》をガクガクとさせながらも、足に力を入れ。

もう一度、立ち上がる。

先程から、意識が何度も飛びかけている。

あれだけうるさかった観客の声が、一切耳に入って来ない。

今この瞬間、恐らく何か一つでも気を抜いてしまえば、一瞬で何もわからなくなり、地に倒れ伏すことだろう。

それでもいいとは言われている。

何度気絶しても、立ち上がる姿を見せられれば、と。

そもそも、仮に精鋭軍人であろうと魔帝ユキの威圧に耐えられる者などほぼおらず、ヒト種ではなく魔物であっても即座に逃げ出す程で、一部の超人が辛うじて耐えられるくらいだと聞いている。

アルヴェイロには従軍経験があり、屍龍《しりゅう》大戦においても指揮官の一人として参加していたが……あくまで、実際に戦う兵士ではなく、指揮を出す側で、である。

である以上、自身がこのまま気絶してしまったとしても、それは至極当然の結果であり、耐える、ということ自体が無謀そのものであることもまた、確かな事実だろう。

——だが。

だが、だ。

これは、あくまで疑似的な死地。

本物とは程遠く、修羅場ですらない。

魔帝ユキは、決してこちらの命を、狙《ねら》ってきたりなどしないのだから。

この程度を耐えられずして、何が皇帝か。

いったいどのツラを下げて、この国を率いていくのか。

ここで気絶して水をぶっ掛けられ、また起こされる。何と無様な皇帝がいたものか。

今、アルヴェイロを支えているのは、ただ偏に、男としての意地だった。

この観客達に、みっともない姿を見せてたまるかと、その意地だけで立っていた。

粉々に砕け散り、どこかへ行ってしまいそうになる意志を総動員し、上手《うま》く動かない肉体に喝を入れ、一歩、一歩と前へ歩く。

「私は、この国のために……生きる、と、決めている……ッ‼　この程度……ッ‼」

近付くにつれ、さらに増す圧力。

もはや、肉体の感覚はない。

胸を滾《たぎ》らせる熱だけを頼りに、進む。

前へ。

さらに前へ。

――いつの間にか、彼の前には、黒髪の青年がいた。

嬉《うれ》しそうに、楽しそうに笑う、魔がたる王。

ほとんど言うことを聞かない腕を、ブルブルと震わせながら無理やり動かし、ポンと彼の肩に乗せる。

「私の、勝ち、だ」

「……あぁ。俺の負けだ」

その瞬間、彼から放たれていた圧力の一切が消え去る。

同時、アルヴェイロの身体からがくっと力が抜け、膝から崩れ落ちそうになるが……その前にユキが肩を掴み、身体を支える。

「よくやった。あと少しだ。気張れ」

「……あぁ」

敬語で話す余裕もなく、ただそれだけを応《こた》え、ユキに半分以上支えられながら、何とか立つ。

と、彼は、空間に何か裂け目のようなものを作ると、一冊の本を取り出した。

それは、古めかしい装丁の、だが美しい装飾の入った、分厚い本。

他国の者は、きっとわからないだろうが……この国の、ローガルド帝国の民ならば、その本が示す意味を理解出来るのだ。

この国が『迷宮』を基に出来ているのだということを知らずとも、帝位継承の際には、必ず引き継がれ続けてきた本なのだから。

ユキによって渡されたそれを、アルヴェイロは、両手でしかと受け取る。

「じゃ、アルヴェイロ。宣言を」

アルヴェイロは、コクリと頷《うなず》き——残りの体力を振り絞って、声を張り上げた。

「諸君！　第二十四代皇帝アルヴェイロ＝ヴェルバーンが、ここに宣言する！　——これより、魔戦祭を開始する‼」

その意味を理解し、今起こったことの結果を理解し。

大地が揺れ動き、爆発したのかと思う程の歓声と拍手が、空間に鳴り響いた。

◇　◇　◇

「おにいちゃん！　とってもとっても、かっこよかったよ！　お疲れ様！」

「ん、あるじ、すごくかっこよかッタ！」

「……しっかりキマってた」

「おう、ありがとう。お前らがそう言ってくれるならもう、俺も色々準備してきた甲斐《かい》があったってもんだぜ」

先程までのイベントを見ていたイルーナ達が、興奮した様子で口々にそう話す。レイス娘達も、同感だと示すように何度も何度も頷いている。

うむ……うむ。色々練って、頑張って良かったぜ。大変だった諸々《もろもろ》が、この瞬間に全て報われたような思いだ。

と、少女組の次に口を開くのは、大人組。

「昔からそうじゃが……お主、意外と物怖《ものお》じせんよな。こんな大舞台でも」

「ね！　おにーさん、度胸あるよね、やっぱり」

「ウチだったら、多分萎縮していっぱい噛《か》んじゃうっすねぇ……」

「私だと、声が通らないで、聞き取ってもらえないことになりそうですねー」

「はは、まー、俺にとってここの観客は、ぶっちゃけどうでもいい相手だからな。かかしの集団と思えば、特に何も思わないいんだよ」

俺にとって、ここの観客に何をどう思われようが、別に構わないのだ。

俺にとって重要なのがウチの面々だけである以上、それ以外の相手からの評価はどうでもいいというのが、正直な思いだ。

俺は、この家族がいてくれれば、それでいい。

あと、単純に慣れたのもある。皇帝として、なんかこうやって偉そうに話す機会は、少しはあったからな。

「それよりお前ら、『マジック・フェスタ』の方がそろそろ始まるぞ。そっちもかなり面白いから、楽しんでくれ」

そして、魔戦祭が、始まった。

これで、帝位は継承された。

皇帝という、国のトップの座は、この国に戻った。

この先数十年は、他国の干渉もあり続けるだろうが……国政を自らの手に戻すための契機は、これで得られたと言えるだろう。

なお、俺にとって重要なダンジョン関連のことだが、悪いがそれに関しては、相当に制限を設けた、一応魔界王とかにちょっとだけ許した権限と同じくらいのものだけをアルヴェイロには渡してある。

ローガルド帝国に存在している、ウチの草原エリアと同じような、作られた空間の操作権限辺りをちょっとだけ、だ。

この国がダンジョンを基にしている、ということは一部の者は知っているが、具体的に何が出来る、ということを知っている者は少ないのだ。

代々の皇帝達も、それに関する秘密は非常に重いものとして秘しており、アルヴェイロ自身もよく知らないようだったので、このままダンジョンとは関係のない国として成長してもらおう。

何かあったら勿論協力するつもりだが、これは、俺の命綱だからな。悪いが何十年、何百年経《た》とうと、ここを緩めるつもりはない。

ただ、この国なら大丈夫だろう。

いや、アルヴェイロなら、大丈夫だろう。やり手しかいない王達を相手にしても、対等にやっていけるはずだ。

あの男には、それだけの知能と、度胸と、根性がある。そりゃあ、最初から全《すべ》て上手く行きはしないだろうが、何か問題が起こっても、きっと対処出来るはずだ。

ローガルド帝国が発展し、人が増えたのならば、それがそのまま俺のＤ　Ｐ《ダンジョンポイント》に繋《つな》がる。

俺のためにも、是非、国を豊かにしてくれたまえ！

◇　◇　◇

五日間の予定で組まれている、魔戦祭。

全部競技の時間で埋まっている訳ではなく、ローガルド帝国が呼び寄せたこの世界の有名な音楽家による演奏、それに合わせた踊り、物語チックなショーなど、種族関係なく呼び寄せられた集団による様々なパフォーマンスの披露も行われた。

まあ、マジック・フェスタの方は魔法によるパフォーマンスのような競技な訳だが、休憩やフィールドを整えるための時間に、そういうのを用意しておいた方が盛り上がるだろうと結構な量を呼んであったのである。

で、スケジュール調整が死ぬ程大変だったらしい。お疲れ様だ。

肝心の競技だが、まず俺があまり絡んでいないマジック・フェスタの方は、すでに優勝も決まった。

魔族とエルフの一騎打ちとなり、勝ったのは、下馬評通りの、エルフ。

魔法による演技を行い、より評価の高かったのがエルフだったのだが、しかし実際にはかなりの僅差《きんさ》で、本当に数ポイントくらいの差しかなかった。

接戦で白熱した、見応えのある良い決勝戦だったと言えるだろう。

バトル・フェスタの方は、我がローガルド帝国近衛《このえ》騎士団はと言うと、無事に一回戦二回戦を抜け、決勝ラウンドに進むことに成功した。

決勝ラウンドは三チームによる三つ巴《みつどもえ》の戦いとなり、二勝した時点で優勝が確定。一勝一敗で並んだ場合、得失点差で勝敗が決まる。

最初は、試合時間を短くしたサドンデスでどこかが二勝するまでにしようか、という案も出たのだが、時間の問題でそれは却下となった。

どれだけ魔戦祭を延長することになるのかわからなくなってしまうし、単純に選手達が消耗し過ぎて、まともな試合にならない可能性があるため、問題があるということになったのだ。

そして、その決勝ラウンドに進んだのは、ローガルド帝国の他に、やはり非常に強かった魔界王率いる魔族達と——なんと、レイド率いるアーリシア王国の近衛兵達だった。

決勝に進んだ種の内、二つが人間。彼らの組織力というものの強さがよくわかる結果である。

身体的な優位がないにもかかわらず、人間種が他種族を押していた世界の在り方が、ここでも出たと言えるだろう。

鍛えた戦士達が肉体を以《もっ》てぶち当たり、魔法が飛び交い、派手にフィールドが変化して戦うサマは、相当見応えがあったようで、観客達の盛り上がりも、ものすごいものがあった。

この時点でもう、魔戦祭は成功したと言って良いだろう。

ウチの家族は、五日間の全てを観《み》ていた訳ではないが、扉を繋げてあるので好きな時に来て観ることが出来るため、結構な頻度で競技を観戦していた。

彼女らが歓声をあげて競技を観ている姿が、本当に、俺にとってどれだけ嬉しかったことか。

その俺の方はというと、五日間の全てを観戦した。

多少席を外したりはしたが、この魔戦祭を開催する側として色々やった以上は、最初から最後まで参加するのは義務だろうからな。

皇帝ではなくなっても、それくらいはすべきだろう。

つっても、俺自身メチャクチャ楽しんでいたし、全く飽きなかったので、別に無理して観ていた訳では全然ないのだが。

そして――。

「行けッ！　そこだ！」

「横開いてるぞ！」

「突っ込め！」

「あぁ!?」

「来てるぞ、そこ！」

五日目の最後、決勝ラウンド最終戦。

悲喜こもごもの応援。

フィールドにて戦っているのは、ローガルド帝国近衛兵と、魔界近衛兵。

アーリシア王国近衛兵は、接戦ながらすでに二敗してしまい、決勝ラウンドを脱落。

故にこの試合で、どちらが勝っても優勝が決まるが、現在の点数はローガルド帝国近衛兵が負けている状況。

試合の残り時間も少ししかなく、さらに現在ボールを持っているのは魔界近衛兵であり――が、一発決めれば、逆転も可能な点数差。

スタジアムの熱気も否応《いやおう》なしに上昇していき、声援もまた決勝に相応《ふさわ》しい程で、喉《のど》が壊れんばかりに皆が応援している。

俺もまた、VIPルームではなく、関係者としてフィールド端のベンチ前に立ちながら、チームに声援を送っていた。

一応、ローガルド帝国近衛兵達のコーチ役として、一緒に競技の練習をしてきた身だからな。

俺のスポーツに関する知識など、前世ならばアマチュア程度のものだが、それでもセオリーくらいならば知っているため、競技が成熟していない今の段階なら、俺程度でも何とかコーチ役としてやって来られたのだ。

「陣形を崩すなッ、目の前だけじゃなく、視野を広く保てッ！　穴が開いたら一気に入ってくるぞッ！」

一進一退。が、なかなかボールが奪えない。

もう一点取って試合を決めようとしているらしく、苛烈《かれつ》な攻撃を続ける魔界近衛兵達に対し、どうにかギリギリのところで持ちこたえ、逆転を狙《ねら》う我がチーム。

体格でも魔法能力でも劣る相手に、崩されず守ることが出来ているということは、連係面で一つ優《まさ》っていると言って良いだろうが、しかし今のままでは、時間切れでこちらの負け。

どこかでボールを奪い、攻勢に転じなければならないのだが、その合図を出すのは、曲がりなりにもコーチとして活動していた、俺。

チーム全体で一斉に動く、という意識統一された動きをするためには、外からの合図が必要なのだ。

声を張り上げて応援しながら、タイミングを見計らう。

見る。

相手の陣形、動きの意図、視線、ボールの位置、パサーの位置、『フィールド生成』にて変化したフィールドの形状、魔力の流れ、味方の陣形、味方の意識、疲れの蓄積具合。

ミスは許されない。この時間帯では、ミスとはそのまま、負けに繋がる。

しかし、相手はあの魔界王が率い、鍛え上げた近衛兵。

何気ない動きの中に罠《わな》が隠されている可能性は十分に存在するし、反撃の糸口を探すあまり守備への意識が薄くなれば、再び点数を入れられることも考えられる。

それもまた、今の時間帯では『ＴＨＥ・ＥＮＤ』だ。

焦る心を必死に押さえつけ、魔境の森の西エリアで戦闘を行っている時並に集中し、濃密な時間の中、見続ける。

実際に身体《からだ》を動かしている訳でもないのに、肉体が熱を持ち、滝のように汗が流れているのがわかる。

そして——チャンスは、訪れた。

こちらの守りを崩せず、魔界近衛兵達が、一旦《いったん》ボールを後ろに回し——今ッ！

そこで俺は、事前に定めていたサインを出した。

同時、ローガルド帝国近衛兵がまず発動したのは、『衝撃《ショット》』。

それを食らったのは、前線より一歩後ろでボールを受け取った、魔界近衛兵のパサー。

体勢を崩し、次の瞬間、さらに『風爆《ガスト》』の連係攻撃を受けたことで、ボールが手から離れ、浮き上がる。

転がるボール。

「取れッ！」

「渡すなッ！」

入り乱れる敵味方。

しかし、サインによって一斉に動き出しており、そして味方が必ず魔法を当ててくれる、と信じていたローガルド帝国近衛兵達の行動は、魔界近衛兵達よりも一歩早く——ボールの奪取に成功する。

「カウンターだッ！」

「ヤバいぞッ⁉」

「行けッ‼」

攻守の交代。

ボールを確保しようと密集したため、お互い陣形は崩れに崩れており、故に一度抜ければ……行ける。

いち早く攻撃に移り、走りながら陣形を形成していくローガルド帝国近衛兵達。

阻止すべく、魔界近衛兵達もまた下がりながら、『フィールド生成』と『土壁《アースウォール》』で素早く防御態勢を整えようとするが、間に合わない。

跳び、走り抜け、パスを回し、加えて『風爆《ガスト》』による三次元機動での攻撃により、ボールは阻まれず、ゴールラインを越えていた。

これにより、ポイントのリードはこちらに移る。

歓声と悲鳴。

「まだ終わってねぇぞッ、最後まで気ぃ抜くなよッ！」

残り時間はあと僅《わず》かだが、ゼロではないのだ。

何より試合時間が過ぎても、ラストワンプレーは、攻撃の手が止まるまで継続が許される。

故に、魔界近衛兵達の攻撃もまた、凄《すさ》まじかった。

身体能力の高さと魔法能力の高さのどちらをも駆使し、どんどんとラインを押し込んでいく。

ピィイ、と、すでに試合時間が過ぎたことを示す笛も鳴らされたが、終わらない。押し込まれ続ける。

ローガルド帝国近衛兵達は、押され気味になりながらも、最後の力を振り絞り、必死に防御を続け——その時、サイドライン際を走っていた魔族に、タックル。

精強な肉体を持つ魔族に対し、一人でのタックルでは多少の足止めにしかならないものの、そのことは初めからわかっていた。

刹那《せつな》だけでも、足が止まればそれで良かったのだ。

そこに、的確に『風爆《ガスト》』が打ち込まれ、ボールを持っていた魔族は転がり、パスも出来ずにサイドラインを割ってしまう。

つまり——ボールデッド。

試合時間がすでに過ぎている今、それはそのまま、試合終了を意味する。

この瞬間、ローガルド帝国近衛兵達の、優勝が決定した。

「ツしゃぁッ‼」

『オォォッ‼』

俺達は、感情の高ぶるまま、スタッフ全員で一気にフィールドへと飛び出す。

大熱戦を制し、勝ったのだという事実に、ローガルド帝国近衛兵達は両手の拳《こぶし》を天高く掲げ、歓喜の雄叫《おたけ》びを溢《こぼ》す。

ローガルド帝国の覇を、自らの手で勝ち取り、この国の民にそれを見せられたのだと、感情を爆発させる。

そして最後に、最高に熱い試合にしてくれた魔界近衛兵達と、握手し、抱き合い、互いの健闘を称《たた》え合った。

その光景が、魔戦祭に訪れた全《すべ》ての観客達の心にも、強く刻まれたのだろう。

今までで最も大きな拍手がスタジアム全体を包み込み、それは、いつまでも止《や》むことなく鳴り響き続けた。


これにて、全てのプログラムの消化が完了。

大興奮の中で閉幕式は行われ、第一回魔戦祭は幕を閉じた。

◇　◇　◇

——魔戦祭から、数日後。

「それじゃあ、皇族どもの処罰も、どうにかなりそうなんだな？」

「ええ。罪の重い者は、それに応じた刑を科される予定です。これで、国内の膿《うみ》はほとんど吐き出せたと言って良いでしょう」

「そうか……色々あったが、ようやくけりが付いたな。俺も、面倒ごとは全部お前に投げられたし、これで一安心だぜ！」

「本人に対して、言いますな」

「俺は正直者でな」

そう言って肩を竦《すく》めると、アルヴェイロは苦笑を溢した。

魔戦祭が終わったことで、慌ただしかった日常は元に戻――らなかった。

いや、俺は多少やることはあったものの、もうゆっくり出来るようにはなったのだが、その代わりにアルヴェイロの方は、皇帝に相応《ふさわ》しい忙しさが待っていたようだ。

あの魔戦祭でのオープニングでやったパフォーマンスにより、アルヴェイロ＝ヴェルバーンが次代の皇帝である、ということ自体は大々的に布告することが出来たが、だからと言って「はい、じゃあ皇帝！」となる訳でもなく。

そのための事務手続き等は事前にある程度進めてあったが、あの後でないとやれないことは膨大にあったため、その作業で未《いま》だに忙殺されているらしい。

こうして見ても、目の下のクマがすごい。頑張りたまえ。

あとで、差し入れとして上級ポーションをくれてやろう。

「ユキ陛……失礼。ユキ様。あなたは皇帝ではなくなりました。しかし、それでも我々は、あなたの言葉には従いましょう。ユキ様には、我々は本当にお助けいただいた。何かありましたら、遠慮なく頼っていただければと」

そう話すのは、帝城執事カルケイド。

その正体は、密偵組織『アーベント』の頭であり、人知れず現在のローガルド帝国を守っている男。

皇帝が俺からアルヴェイロに移ったため、これからはアルヴェイロの部下として働くことになったそうで、ただその正体を知る者はこれからもごく少数となるため、俺も明かさないようにしてくれと言われている。超密偵っぽい。

今更だが、知り合いに密偵とか隠密とかが数人いるの、なかなかレアだよな。魔界王の右腕たる、ルノーギルとかも知り合いだし。

「まあ、その辺りのことは、この団が結成すれば、ユキ様との意思疎通を図る良い機会となるでしょう。臣下として傅《かしず》くことはなくなりましたが、しかし団員として、団長に従う形は変わりませぬ。ご命令があれば、何なりと」

次に口を開いたのは、第一騎士団副団長であり、同じくアーベントに所属している、ヘルガー＝ランドロス。

彼もまた、俺の配下という立場から変わり、これからはアルヴェイロに従うことになるが、ただ俺との関わりも、今後も変わらず続いていくことになるだろう。

「あぁ、ありがとな、お前ら。その時は頼むよ。逆に、そっちで何か手に負えないってなったら、呼んでくれていいぞ。魔物関連なら、多分俺が真っ先に気付けるだろうが、そうじゃない、ヒト関連のものだと気付けない可能性が高いからな」

――今日のこの集まりは、新たな騎士団の結成式を行うためのものだ。

この国を守護する場合のみ実力行使を許される集団、『第０騎士団』。

最初は仮称のつもりだったが、特に別の名称の案も出ず、そして騎士団という形に落とし込んでおくことは色々と都合が良いらしいため、そのままこれが通った。

団長は俺。

俺以外の団員は、この場にいるこの三人。第二十四代皇帝アルヴェイロ、アーベント密偵長カルケイド、第一騎士団副団長ヘルガー。

今後増員する可能性はあるが、基本メンバーはこの四人。

この団の結成を知る者は少なく、他に知るのは魔界王と、この国の高官数名のみ。秘密結社みたいで、ちょっとワクワクするな。

少しだけだが、手当ても発生するようだ。俺は別にいらないのだが、まあ他の団員にも出るようなので、彼らのために特に反対はしなかった。

つってもこの三人も、別に金に困るような立場じゃないだろうが、外の世界ならそれはあって困るものでもないだろう。

……いや、今は俺も、多少持っていた方がいいだろうか。その気になればすぐに稼げるとはいえ、必要な時にすぐ使えるよう、ある程度纏《まと》まった金額は持っていた方が良いかもしれない。

今後、イルーナ達を外の学校に通わせるし、子供も生まれる。

大概のものはダンジョンにいれば用意出来るとはいえ、何か他者に報酬を渡す時とか……例えば、ウチに来て時折、レフィとリューの体調を見てくれている魔族のばあちゃん、ゼナさんに診察代とかを渡す時とかのために、これからは俺も各国の基軸通貨くらいは持っておくようにしよう。

そうして、話が一段落したところで、アルヴェイロが口を開く。

「では、結成式を始めましょうか。ユキ団長。お願い致します」

「わかった」

俺が頷《うなず》くと、多少気が抜けていた三人が即座に切り替え、纏う雰囲気が変化する。

そして三人は、腰に差していた剣――刀を抜き、その刃《やいば》をこちらに向けた。

「――我ら、生まれし日、時、種族は違えども、心を同じくする者。死ぬ時は違えども、意志を同じくする者」

俺は、三人を見ながら、言葉を続ける。

「であるからには助け合い、弱きを救い、民を安んじ、共に護国を為《な》さん。なべて違えど、友として互いに守り、義に生きること、ここに誓う」

俺もまた、エンではなく彼らと同じ意匠の刀を腰から抜くと、カツン、カツン、カツン、と。

三人と、軽く刃を打ち合わせた。

短いながら、一通りの儀式が済んだ後、アルヴェイロが口を開く。

「ここに『第0騎士団』が結成されたこと、団員たる第二十四代皇帝アルヴェイロ＝ヴェルバーンが承認致します。ユキ団長、これからよろしくお願い致します」

「あぁ、よろしくな、お前ら」

――略式だが、今のが、この国の騎士団結成の儀である。

桃園結義、か。まあ、中身は大分違うのだが。

義兄弟となる契りではなく、さらに俺なんかは完全に打算も入っている訳なのだが、しかし国を守るという思いだけは同じ。

皇帝ですらただの一団員であり、故に誰《だれ》の要請でも第０騎士団が動くことはなく、国を脅かす存在が出現した場合にのみ協力し、護国を為す。

その目的だけを同じくした、特異な騎士団。

これで、俺の肩書きは、『皇帝』からただの『騎士団長』へと変わった訳だ。こっちの方が、個人的には気楽でいいわ。

今更ながら、何で俺が皇帝やってたんだろうな。

「それにしても、随分と良い剣ですな。反りがあり、片刃なところから、異国のものだとはわかりますが、かなり高価なのでは？　どこでお造りになられたもので？」

真面目《まじめ》なやり取りが終わったところで、今しがた抜いた刀を興味深そうに見ながら、そう溢すアルヴェイロ。

「素材は結構良いのを使ったな。まあ、それくらいはしてやるよ。俺のための団の結成だし」

「……えーっと、その言い方ですと、ユキ団長が製作された、のでしょうか？」

「あれ、あぁ、そうか。アルヴェイロは知らなかったのか。俺は武器は自作してるんだ。エンも――俺の主武器も、自分で作ったものだぞ。ちなみにその刀……あー、剣。斬れ味はあるが、扱いが難しいから、儀礼用だな」

ヘルガーとカルケイドの方は知っていたようで、同じように刀を見ながらも「ふむ……確かに、扱いは難しそうです。ヘルガー殿、片刃の剣を扱ったことは」「私もないですなぁ。短剣くらいでしょうか」なんて話している。

「……以前から思っておりましたが、ユキ団長は随分と多才ですな」

「はは、魔王は色々出来るんだぜ。――その刀の扱いについて、一つ、聞け。俺は寿命が長いから、お前らが全員老衰で死んだとしても、変わらず俺は第0騎士団長としてあり続けることになる」

寿命の違う者同士だ。

である以上、コイツらが皆死んだ後、人員の引継ぎをすることも、今後あるだろう。

この刀は、その時のために用意したものだ。

「だから、長い年月が経《た》った後でも、それを俺に見せれば、お前らの子孫か、関係者だっつーことがわかる。その時は出来る限り助けてやるから、無くさんようにな」

俺の言葉に、三人は顔を見合わせ、それから俺に対して深々と頭を下げた。


こうして俺は、ローガルド帝国の皇帝ではなくなったのだった。

閑話二　アルヴェイロ＝ヴェルバーン

第二十三代皇帝、ユキ。

そのユキから座を継ぎ、次の皇帝となった、第二十四代皇帝アルヴェイロ＝ヴェルバーン。

魔戦祭以降、ドッと様々な仕事が舞い込み、新皇帝として休む暇なく働き続けていた彼は、ようやくある程度片付いたことで時間が取れたため、前から訪れたかった場所へと足を踏み入れていた。

――前皇帝シェンドラの部屋である。

一応ここは、魔帝ユキの部屋としても使われ、それ以前にも一度調査が入っているそうなのだが、彼らは最低限の調査だけを行い、部屋を荒らすことはしなかったようだ。

魔帝ユキもまた、ここはほとんど使わなかったようで、時折掃除に人が入るくらいであったと聞いている。

少し恐れ多い思いもあるが、魔界にて前皇帝シェンドラに会った際、「そうだ、私の部屋、貴様が好きに片付けてくれ。使いたいなら使っていいぞ」と許可を得ているため、これは必要なことなのだと自身に言い聞かせ、足を踏み入れる。

「…………」

およそ皇帝の部屋とは思えないような、研究用機材や書物、標本や魔道具が積まれた部屋。

この部屋を見せたら、きっと百人中百人が『研究者の部屋』と答えることだろう。

雑多に散乱しているように見えて、しかし一定の秩序があるような物の置かれ方がなされており、シェンドラの性格がそのまま出ているように見えて、少し苦笑を溢《こぼ》す。

利と理を重んじ、それを第一としていた彼は、些末《さまつ》事と判断すれば後回しにするし、そのままいつまでもほったらかしにすることがある。

自分がやるべき仕事ではないと、割り切るからだ。

時間が有限であり、全《すべ》てに対応出来る訳ではないからこそ、そういう生き方になったのだろうが、だからこの部屋も一見散らかってはいるものの、重要なものだけはしっかり整理され、綺麗《きれい》にされている。

彼は、自室にほとんど執事やメイドを入れなかったと聞いているので、恐らくその時の習慣のまま、この部屋は残されていた訳だ。

感慨深い思いを味わいながら、幾つか物を手に取ったりして室内を歩き、やがてアルヴェイロは出入り口とは別の、隣室へと繋《つな》がる扉の前に立つ。

開き、中に入ると、城の内装に比べて不自然に広い部屋に出る。

いや、実際にこんな位置にこんなスペースは、間取り的に存在しないはずだ。

――『迷宮領域』か。

しかし、数多《あまた》置かれている本棚と、そこに満杯に詰まっている書物によって、広さの割に狭苦しさを感じる場所で――そしてこの部屋には一つ、異彩を放っているものがあった。

玉座。

「これが……」

話には聞いている。

ここが、初代皇帝の時代から存在している部屋で、同じくその時から存在している玉座である、と。

この国の、原点。

重厚な石造りの取っ手に指を這《は》わせ、それから、一人、腰掛ける。

――何とも……重く感じるものだ。

この椅子は、重い。

こうして腰掛けているだけで、ズシリと肉体に重圧が掛かるようだ。

大いなる責任と、大いなるプレッシャー。

「……フン、私はまだ、皇帝として相応《ふさわ》しくはない、ということか」

どうやら今の自分では、まだこの椅子の格に負けているようだ。

ならば、相応しくならんと、あがくまで。

皇帝として相応しい威厳を、身に付けるまでだ。

今の、混沌《こんとん》とした世界。

歴史が一つ進んだことは間違いなく、この国はそれに飲み込まれた。

激しい濁流であるが……否《いや》が応にもその流れに乗ってしまった以上、船長として、船を導かなくてはならない。

すぐ横を過ぎて行く大船は軽々と波を乗りこなし、前へ前へとぐんぐん進んでいく。

性能も凄《すさ》まじく、乗組員がそれを十全に扱っており、対してこちらは、船の性能はそう悪くないものの、乗組員の心がバラバラだ。

右を向いている者、左を向いている者、他船に気を取られている者。このままでは、いずれ船は転覆するだろう。

時代に取り残されてはならない。

乗組員を纏《まと》め、この荒波を乗りこなさなくてはならない。

それが、次代の皇帝となった自身の、果たさねばならない使命だろう。

「全く……難儀な時代に、皇帝になってしまったものだな」

アルヴェイロは——男は笑い、覚悟を決めた。

第三章　子供

魔戦祭から、すでにひと月程経《た》った。

ローガルド帝国での諸々《もろもろ》は、完全に俺の手を離れた。

つまり俺は、ただの魔王に戻った訳だ。

何の仕事もしがらみもない、自由で気ままで、欲望に忠実に生きる魔王に。

魔戦祭までは、一応皇帝として、そして企画人の一人として毎日仕事があり、大分忙しかったが、何もなくなった今は再び暇な毎日に――とはなっていない。

レフィとリューのこともあれば、イルーナ達の入学のこともあるからだ。ローガルド帝国での忙しさに比べれば、よっぽど俺にとって重要で、嬉《うれ》しい用事ではあるがな。

まあ、余裕のある時間が、増えたことは確かだ。

忙しくしていた時との対比で、このゆったりと過ごす日々が、俺にとって何よりも重要なものだということを、改めて実感することが出来ている。

俺は、このために生きているのだと、そう確信している。

「いやぁ……今改めて振り返っても、魔戦祭、楽しかったっすねぇ。ご主人達の目指した世界が、わかりやすく形として見えて、すごくワクワクしたっす。ああいうのが、今後増えるんすかね？」

「魔戦祭程大規模なものは、数年に一回とかのスパンになるだろうが、競技自体は好評だったし、今後アマチュアで大会とか増えていく……と、いいんだけどな。この辺りは各国の王が、今回の成功を基に次に繋げてくれると信じよう」

我が家にて、リューと雑談を交わす。

マジック・フェスタもバトル・フェスタも評判が良かったが、特に後者の方は、わかりやすくド派手で、血の気の多い輩《やから》も満足させられて、単純に金になる、という評価のされ方だった。

どちらも興行収入的に、なんかすごい額になったそうだが、後者は今後も定期的に行いたい、と思う者達が結構な数出る程の稼ぎとなり、魔戦祭に掛かった費用もすでに全て回収出来たらしい。

あの、十万の観客が動員可能な巨大競技場『アトヴォイニ・ドミヌルス』に加え、一帯に建てたホテルやら公園やら何やらの建築費用を回収し終わるどころか、黒字になったそうだ。

うむ、良い流れである。このままプロリーグとか出来上がって、いっぱい盛り上がってくれたまえ。

「いいっすねぇ……こういう形で、どの国でもスポーツが行われて、それで交流も増えて、『種族』って考え方が薄れる未来が来たら、嬉しいっすね！」

「そうだな……そうなるといいな」

前世基準でも、それは非常に難しいことだが……いや、前世並になるのならば、万々歳だとは言えるか。

この世界は、他種族は殺し合いの相手、という域を完全には出ていないのだから。

「ご主人は、自身が競技に参加したいとは思わないんすか？」

「俺はスポーツをやるのも好きだが、やっぱり傍《はた》から見ている方が好きだからな。それに、ぶっちゃけ俺が参加したら……絶対勝つだろうし」

「あー、確かに。相手にレフィとか所属してないと、相手にならないっすか」

「そういうことだ」

仮に俺がバトル・フェスタに参加していたら、ただ右から左へ。左から右へ。どんな魔法を撃たれようと、何人にタックルされようと、ただ走るだけで点が入る。そういう状況になってしまうだろう。

それは、見ている方も、やっている方も楽しくない。

「だから、俺はレフィとやる『エクストリーム☆スポーツ』だけで十分だ。お前も、また存分に動けるようになったら、共にやろうではないか！」

「いいっすよ。ウチとレフィがペアで、ご主人がソロっすね。存分に相手するっす！」

「……じゃ、じゃあ、こっちはネルも呼んで二対二な！　それで……うん、まだ何とか勝てそうだ」

「それなら、こっちはさらにレイラと、イルーナをチームに加えるっす！　果たしてご主人、レイラとイルーナの二人がいて、本気を出せるっすか？」

「それはズルいだろ⁉」

ニヤリと笑みを浮かべるリューに、そうツッコむ俺。というか、何故《なぜ》そんな、人数差がある前提なんだ。

……今はまだレフィとリューが妊婦だから無理だが、また、そうやって気ままにふざけられるようになったんだな。

皇帝は皇帝で良い経験ではあったが、もう十分だ。次、やれと言われてもやらん。

まあ、そんな何度も皇帝になる機会があっては、堪《たま》ったものではないのだが。

「……そう言えば今更だが、俺、子供に職業聞かれたら、何て言えばいいんだろうな」

「え、あー……魔王？」

「それはそうなんだが……父ちゃん魔王なんだ、って答えるより、父ちゃん皇帝なんだ、って方が、まだ理解を得られたか？」

「すごい二択っすね」

俺もそう思う。

だが、子供に「父ちゃん、魔王なんだぜ！」と言ったところで、「はぁ？」という感想が返って来そうな気がする。

いや、そもそも、だ。

「俺は、働いてるって言えるのか？　……言えんな。つまり俺は、広義的にはニート……？　お、おい、リュー、どうするよ。俺、子供に職業聞かれても答えらんねぇぞ……？」

微妙に狼狽《うろた》え始めた俺を見て、リューは微笑《ほほえ》ましそうな表情で苦笑を溢す。

「落ち着いてください、大丈夫っすよ。ご主人のおかげでウチらみんな、生活出来てるんすから。確かに家にはいるっすけど、ダンジョンの力でみんなを守ってくれてるっす。だからご主人は、職無しじゃなくて……自宅警備員っすね！」

「それは職無しと同義なんだわ」

ある意味絶妙なワードチョイスである。

——なんて、雑談を交わしていた時だった。

楽しそうに笑っていたリューの表情が、突然歪《ゆが》む。

そして、腹部を両手で押さえた。

「？　どうした？」

「う……」

「う？」

リューは、言った。

「産まれる……」

「……産まれる⁉」

マヌケに固まった俺は、そろそろだということをとっくにわかっていたクセに、リューの言葉に酷《ひど》く動揺する。

「え、えっと……そ、そうだ、レイラ！　レイラ来てくれ！」

大慌てでレイラを呼びに行く俺。

——そうして、我が家はハチの巣を突《つつ》いたような騒ぎになる。

予《あらかじ》め色々と学んでくれており、やることの練習などもしてくれていて、多少だが対処が出来るレイラと、そして今後同じ立場になるレフィが冷静でいてくれており、彼女らのおかげでどうにか頭をまともにさせることが出来た俺は、すぐにダンジョンを出て魔界に向かう。

目的は、産婆さんで前からウチを見てくれている、ゼナさんを呼びに行くこと。

彼女は、リューがそろそろ、ということを把握してくれているので、いつでもこっちに来られるように、魔界に設置した扉近くで待機してくれていた。

つまり、フィナルに用意してもらった、魔界の『ローガルド帝国大使館』にだ。

俺は皇帝ではなくなったが、用意してもらった経緯からして、未《いま》だに半分以上は俺の敷地となっている。

ちなみにここに勤めているローガルド帝国人にも、密偵組織『アーベント』所属の者が二人程いるそうだ。

大使館に密偵で、なんか問題起こったりしないのかと思ったが、どうやらこれは時折訪れる俺に便宜を図るために用意した人材らしく、故に魔界王にも通達してあるらしい。

このために、本来なら魔境の森に出てからでないと魔界王都に行けないよう、扉の繋《つな》がる先を限定していたのをやめ、今だけ我が家から直通であそこに行けるようにしてあったので、即座にゼナさんと会うことが出来た俺は、彼女を連れて家に戻る。

また、今日もネルは仕事に出ており、いなかったのだが、どうやら俺がいない間に連絡をしておいてくれたらしく、俺達が戻るのとほぼ同時に、アイツも仕事を切り上げて帰って来ていた。

そうして、ゼナさんとネルは、すぐに出産の手伝いを始めてくれ——俺は、追い出された。

まあ、仕方ない。

こういう時に男の俺がやることなんざないし、一人無様に狼狽えていることしか今のところ出来ていないのだから。

なので、俺は今、旅館の方で少女組と共に待機していた。

「大丈夫、大丈夫だ……ちゃんと産まれる。エリクサーとかもたんまり用意した。ゼナさんは経験豊富……問題ない。そう、問題ない」

そう自分に言い聞かせている俺を見て、左右からポンポンと俺の膝《ひざ》に手を置くのは、イルーナとエン。

「おにいちゃん、落ち着いて。そんなに焦らなくても、大丈夫だよ。リューおねえちゃんは、強いんだから！」

「……それに、子供も主《あるじ》とリューとの子。きっと同じくらい強い」

そして、俺の前に体育座りで座りながら、にへっと笑ってこちらを見上げるシィ。

「あるじ、あるじ、シィたち、おねえちゃんとして、がんばるヨ！」

彼女の言葉の後に、ふよふよと漂っていたレイス娘達が俺の肩や頭に降りて来て、「姉として、しっかり面倒を見なきゃ！」「かっこいいところ見せる！」「一緒に遊べる日が楽しみ」とそれぞれ言葉を溢す。

待つことに対する不安が、彼女らと話していると、紛れていく。

どうしようもなくソワソワしてしまっているのは、もうしょうがないが、多少気持ちが落ち着いてくる。

そうだ。俺が焦ってどうする。落ち着け。

「……そうだな。俺とリューの子だもんな。きっと元気いっぱいだ」

「そうだよ！　それはもう元気盛りだくさんで、耳があって、尻尾《しっぽ》もあって、あと翼もあるの！」

「翼もあったら、もう何の種族かわからんな」

イルーナの言葉に、笑いながらそう言葉を返す。

俺とリュー……いったい、どっちに似た子になるかね。

イルーナ達と話しながら、ただ、待つ。

彼女らにあまり狼狽えている姿を見せられない、という意識も働き、大人しく座り続ける。

——どれだけ、そうしていたのか。

すでに、数時間は経っている。

途中、自身も妊婦なのだからあまり無茶をすべきではない、と言われたらしく、レフィが一度こちらに休憩しに来たが、軽い食事をした後、「この程度、儂《わし》も儂の子も問題ないわ！」と再びリューの出産の手伝いに戻っていった。

止めるか迷ったのだが、本当にまだまだ活力を感じられたので、止めなかった。

本当に……ウチの女性陣は強い。狼狽えることしか出来なかった俺とは大違いだ。

待ち疲れて眠ってしまったイルーナに毛布を掛けてやり、丸まって休眠状態になったシィをクッションに乗せてやった後、精神を落ち着けるため、エンと将棋を打つ。

ただ、いつもよりも酷いボロ負け具合だ。やっぱりどこか、集中出来ていないのだろう。

レイス娘達も、いつもなら暇になると勝手にふよふよ漂っていくのだが、今日ばかりは一緒におり、非常に大人しい。

あと、ペット軍団にも連絡を入れており、現在草原エリアに全員集合している。彼らにとっても、俺達の子が産まれるのは、一大イベントだろうからな。

そして――。

カチャリと、ドアが開けられる。

こちらを手招きするのは、ネル。

彼女に促されるまま、俺は即座に皆の下へと向かい――そこで、元気良く泣いている、布に包まれた小さな赤子。

「女の子です」

汗を手ぬぐいで拭《ぬぐ》いながら、ゼナさんはそう言った。

俺と、リューとの子。

くしゃくしゃな耳と、小さな尻尾がある。

種族は、見た目からわかるような、『ウォーウルフ』。

はは、リュー似になったか。ただ、髪の色は俺に似た黒だ。

胸が熱くなる。

爆発しそうな感情。

この子の名前は――。

「――リウ。お前は、リウ。リウだ」

女の子の場合は、リウ。そう決めていた。

リルと響きが似てしまうから、どうしようかと悩んだのだが……それ以上に相応《ふさわ》しいものを思い付かず、あとはリューが「リル様に似るのなら、大歓迎っす！」と反対しなかったため、その名前に決めた。

「リュー」

「はい」

「ありがとう」

「ふふ……はいっす」

疲れを感じさせる顔ながらも、リューは。

母親となった彼女は、慈愛の感じられる表情で、微笑《ほほえ》んだ。

俺は彼女を撫《な》で、それから、我が子にそっと、触れる。

温かい、命。

生まれてきてくれてありがとう。

俺達の子になってくれてありがとう。

色々とダメな部分の多い父ちゃんだが……これから、一つずつ成長して、一緒に生きていこうな。

こうして、我が家の住人は、一人増えた。

◇　◇　◇

皆が、少し落ち着いた後。

まず、ゼナさんに心からのお礼を言い、その手伝いをずっとしてくれていたレフィ、レイラ、ネルの三人、そしてリューを抱き締める。

ここまで軽食しか食べておらず、ただ時間も遅いため、ちょっとだけ飯を用意して食べ、各自風《ふ》呂《ろ》に入り、眠った。

ゼナさんにもそのまま泊まってもらい――一夜が明ける。

「うわぁ、リウ、すっごいかわいい！」

「うむ、間違いなくユキとリューとの子じゃな。この目元はユキに似ておるが、口元はリューにそっくりじゃ！」

「ね！　耳も尻尾もあるけど、髪色は黒で、可愛《かわい》過ぎるよ！」

「本当ですねー……この子のお世話をするのが楽しみですー」

「リウ、シィおねえちゃんだヨ！　シィおねえちゃん！」

「……エンお姉ちゃんもいる。エンお姉ちゃん」

「あっ、ずるい！　リウ、イルーナおねえちゃんもいるからね！」

「カカ、リウは、覚える名前がいっぱいで、大変じゃな」

「あはは、家族がいっぱいいるからね。よし、この子が大きくなったら、僕が剣術を教えて、身を守る術《すべ》を覚えてもらおう！」

「それなら私は、魔法を教えてあげましょうー」

「むっ、ならば儂は……儂は……くっ、今この時ばかりは、己の技能の無さが恨めしい……！」

眠っているリウを起こさないよう声を潜めながらも、口々にそう話す彼女らを見て、俺は言った。

「とりあえず君達。気持ちはすごくよくわかる。メッチャクチャよくわかるんだが……落ち着きたまえ」

もう、皆、首ったけである。

いや、そうなってしまうのも仕方ないのは、本当にわかるのだ。だって超可愛いし。

ただこの様子だと、いつまでもこうしてリウを見続け、何時間でもこうして雑談し続けていそうな勢いである。

レイス娘達とか、もうずっと興奮した状態で、リウの上でクルクル回りまくってるしな。目が回りそうだから、リウが起きたらやめなさいね。

「モテモテっすねぇ、リウ。まあ、仕方ないっすね。こんなに可愛いんすから」

リューもまた、俺と同じようなことを思ったらしい。

一晩寝ても、彼女はまだ少し疲れたような様子を見せており、今も眠るリウの隣で横になっている。

ただ、その表情は本当に幸せそうで、彼女のそんな顔を見ているだけで、俺もまた心が温かくなり、嬉《うれ》しくなってくる。

「……本当に、ありがとうございます、ゼナさん。助かりました」

「いえいえ。子が産まれた瞬間の、皆様の喜び。表情。その、幸せさ。この老婆にとって、この瞬間に立ち会えることこそ、生き甲斐《がい》でありますから」

ニコニコと微笑みながら、そう話すゼナさん。

……偉大だな。

「……次のレフィの時も、よろしくお願いします」

「はい、お任せください」

と、ここまですやすや眠っていたリウが、突如オギャア、オギャア、と元気良く泣き始める。

「あら、先程リューさんがごはんをあげたところですので、恐らくおしめの交換ですね。やり方のお手本をお見せしましょう」

「お願いします」

そうして俺達は、ゼナさんに一つ一つ、赤子の世話の仕方を学んでいく。

皆真剣で、すごいやる気だ。

力いっぱい泣いたリウは、不快の原因が無くなったことで、再びスヤスヤと眠り始める。

うーん……可愛い。

ちょっとやばいな、この可愛さは。

聞いて驚け、なんとこの子、俺の娘なんだぜ。

「そうだ、リューの親御さん達に連絡入れなきゃな。あとは……あ、リル達に顔見せしなきゃか！」

無事生まれたことは、リル達にもすでに伝えてあるが、そのまま草原エリアに待機させており、放置状態だ。

今回はとりあえず解散させて……いや、リルだけ中にいれるか。

他のペットへの顔合わせはまたその内としても、アイツにだけは、先にリウを見せてやりたい。

そうして、「ちょっと行ってくる！」と居間を後にした俺は、ペット達に解散を告げた後、リルだけを連れて戻ってくる。

「リル、この子がリウだ！　可愛がってやってくれ」

リルは、じっとリウを眺めた後、スンスンと彼女の匂いを嗅《か》ぎ――と、その時、寝ていたリウが、目を覚ました。

そして、近くのリルの鼻先に手を触れると、「だぁ」と笑う。

いや……正しくは、笑ったように見える、なのだが、確かにリウは、リルのことを気に入ったように見えた。

「ふふ、この子も、リル様を気に入ったようっすね。流石《さすが》、ウチの子っす！」

「ぬっ……！　リルめ、お前、速攻でリウに気に入られやがって……！」

この子も、やはりウォーウルフの血筋ということか……！

「ク、クゥ……」

「ほらほら、怒らない。ご主人のことだって、ちゃんとパパだってすぐ理解してくれるっすから」

ぐ、ぐぬぬ……この子がもう少し大きくなったら、それはもう構い倒して、「パパ、好き！」と言わせてやろう。

……「パパ、うざい！」にならんよう、加減は気を付けなきゃな。

「カカ、うむ、やはり血の繋《つな》がりを感じるのう。リル、お主も、しっかり面倒を見てやるんじゃぞ」

快活にレフィは笑い、リルは「必ず、お守りしましょう」と、真剣な顔でそう言った。

この子は、いったい、どんな風に成長するんだろうな。

◇　◇　◇

リウを加えての日々。

もう本当にどうしようもなく可愛く、ダンジョン全体で彼女中心の生活が続いている。まあ、そらそうなるか。

リウは、本当に元気な子で、それが仕事と言わんばかりによく泣き、よく寝る。

赤子とはそういうものかもしれないが、親としては意思表示がわかりやすくて助かるばかりである。

そんな元気具合なので、夜中に泣くことも多いのだが、大人が多いおかげで分担して世話をすることが可能なため、俺達一人一人の負担は非常に少ない。

だからまあ……リウの実際の母親はリューかもしれないが、大人組の全員が母親。そういう思いでいてくれると、俺としては嬉しい限りだ。

そして、そんな俺達を見て、少女組もまた、よく手伝いをしてくれている。

レフィ達が妊娠してからは、色々やってくれるようになっていたが、さらに『姉』という立場が加わってからは、もう手伝いというか、気付いたらすでにやってくれている、ということが多くなっているのだ。

家事をやろうとしたところで、「あ、それはもうやったよ」とか「あ、みんなでもうおわらせたヨ！」とか「……ゆっくりしててくれていい」とか、逆に何もすることがない状況があったりする。

本当に、偉い子達だ。

ただ、これは一つ理由があり、というのもこれから彼女らもまた忙しくなるため、今の内に俺達の手伝いを、と思っていることもあって、積極的に家事をやってくれているようだ。

――少女組の、入学式である。

「ん、よく似合ってる」

制服姿の、少女組。

シィはまあ、そういう風に肉体を変えているだけだし、レイス娘達は人形だが、可愛いことには変わりない。

「ありがと、おにいちゃん！　でも、なんかちょっと、悪い気もするなぁ。おにいちゃん達、リウのお世話で大変なのに」

「タイミングがネー」

「……ん。エン達も、もっとリウを可愛がりたい」

三人の言葉の後に、うーん、と悩んだ様子を見せるレイス娘達。

「はは、ウチには毎日帰って来られるんだし、その時可愛がってやってくれ。ありがとな、お前ら」

羊角の一族の里で行われる、年に二度の入学式。

今日は、ついにその日なのだ。

通うのは、『ファレンシア魔導学術院』。

というか、羊角の一族の里にある学校は、これ一つだ。昔の、彼女らにとって始祖と言うべき羊角の女性が設立した学校らしい。

レイラが通っていたというのもここだし、レイラの師匠であるエルドガリア女史が所属しているのも、ここだ。

内部で幾つもの学部学科に分かれ、年代によっても分かれており、校舎も幾つもあるようだが、全部その学術院の施設なのだそうだ。

一族全体が学者肌で、知識の探求のみを目的にしているから、わざわざ学校を分けたりする必要がないんだろうな。別に、それで商売している訳でもないだろうし。

そんな具合なので、基本的にはガチの研究機関というか、前世の大学相当の学校なのだが、イルーナ達が入る予定の『幼年学部』は、勉強をすることの他に社会性を学ぶ目的もあるらしく、情操教育なんかもしっかり行われるらしい。

なお、レイラは神童だったのでぱっぱと幼年学部を飛び級で卒業し、すぐに大人に交じって学び始めていたそうである。

……レイラがちょっと変わっているのって、ぶっちゃけそれが理由だったりするのかもしれない。うん。

向こうには寮などもしっかり備わっているようだが、すでにあの里まで扉を繋げてあるため、事前の予定通り、イルーナ達は家からの通いということにした。

その方が、俺達としても安心出来るしな。

ちなみに、エンの本体である大太刀は、エン本人の持つポーチの中にすでに収納してある。

これで、俺の手元から彼女が離れる日が多くなる。

替えの武器はあるが、エンを説得する際に言った通り、彼女無しで、危険なところには絶対に行かないようにしないとな。

少し……寂しくなる。

「忘れ物はないな？　それじゃあ、行こうか」

「「はーい！」」

「……はーい」

その後、大人組のいってらっしゃいの声に見送られ、俺達は扉を潜《くぐ》る。

途端、景色《けしき》は一変し、辿《たど》り着《つ》いたのは羊角の一族の里――の、庭っぽい場所。

エルドガリア女史の厚意に甘え、彼女が持っていた使っていない土地を借り、そこに扉を設置したのだ。

ここだけは、いつものように間接的ではなく、直通で繋げてしまったが……まあ、流石に大丈夫だろう。

多少悩んだが、イルーナ達が毎日使うものだし、利便性の方を優先した。ここで危険があるようなら、少女組をもうどこにも出せんしな。

「おー、ここ、もう羊角の一族の里？」

「あぁ、レイラのお師匠さんに借りた土地でな。ほら、あの建物とか、見覚えあるだろ？」

「ふーん……なんか、あれだね。一瞬で来ちゃうと、ちょっと拍子抜けな感じだね！」

イルーナの正直な感想に、苦笑を溢《こぼ》す。

確かに、以前は飛行船で数日掛けて訪れた場所に、一秒でやって来ていては、風情も何もないだろう。

旅行というのは、遠いから風情がある、というのはあると思う。

徒歩で行ける地元の観光地とか、むしろ行かないしな。

と、俺達がこの時間帯に来る、ということは伝えてあったので、近くで待ってくれていたらしいエルドガリア女史が、顔を覗《のぞ》かせた。

「お、来たね、アンタ達。おはよう」

「おはようです、みんな！」

エルドガリア女史の隣にいるのは、レイラの妹、エミュー。

「おはよう、お二人さん。出迎えに来てくれてありがとう」

「フフ、この子ったら、アンタ達がこっちに来るって聞いた日から、もうずっと楽しみにしてて、今日も朝からソワソワしててね」

「し、師匠！　余計なことは言わなくていいです！」

「はいはい。別に恥ずかしがらんでもいいと思うけどね」

「エルドガリアさん、エミューちゃん、おはよう！　わたし達も嬉しいよ！　これから一緒に学べるね！」

「エミューもいっしょだと、きっとたのしいネ！」

「……ん。また一緒に遊べる」

エンの言葉の後、レイス娘達が「久しぶり！」「また会ったね！」「エミュー、やっほー」と言いたげに手を振る。

「あ、ありがとうです……エミューも、嬉《うれ》しいです。これから、よろしくです！」

ちょっと恥ずかしそうにしながら、そう話すエミュー。

うむ、以前に聞いたが、エミューはあんまり人付き合いの得意な子じゃないようだな。

レイラと同じく、人よりも賢いから、なんだろう。

彼女らのやり取りに微笑《ほほえ》ましいものを覚えながら、俺はエルドガリア女史に頭を下げる。

「それじゃあ……この子らのこと、よろしくお願いします」

「はい、任されたよ」

「お前ら、これからこっちで何かわからないこととかあったら、お師匠さんに聞くんだ。お世話になるんだから、失礼のないようにな」

「うん！　エルドガリアさん、よろしくお願いします！」

「おねがいしまス！」

「……お願いします」

レイス娘達も合わせ、彼女らは全員で頭を下げる。

「あぁ、よろしくね、アンタ達。これからいっぱい、この里で学んでいきなさい」

そうして少女組は、俺に手を振りながら、エルドガリア女史に連れられて学校へと向かって行った。

今日は入学式だが、前世のようなしっかりとした『式』ではなく、もっとフランクな感じの顔合わせで、「はい、新しいお友達です。みんな自己紹介してください」くらいの感覚らしいので、前世と違い特に保護者が式を見守ったりすることもないのだ。

なので、俺はここでお別れだ。ちょっと残念である。

そんなことを考えながら、去って行く彼女らの後ろ姿を感慨深い思いでしばし眺めた後、俺はダンジョンへと帰ったのだった。

◇　◇　◇

少し、静かになったダンジョン。

日中、少女組が家にいなくなったからだ。

彼女らの元気な声が聞こえないというだけで、何だか物寂しく感じてしまうものがある。

いつから俺は、こんなに感傷的になったのだろうか。

ここのところ、感情を動かされっぱなしだ。

——と言っても、大人組だけでいても、我が家の場合十分うるさくはなるのだが。

「おにーさん。ここに、何故《なぜ》赤ちゃんは可愛《かわい》いのか討論会を、開催したいと思います！」

最近はもう、パートタイム感覚で勇者の仕事をしているため、家にいる時間も長くなったネルが、突如そう言った。

「はい、どうぞ。開催してください」

「議長はこの僕、赤ちゃん可愛いヤッター委員会会長、ネルが務めます！」

「はい、わかりました。赤ちゃん可愛いヤッター委員会会長さん」

「では、赤ちゃん可愛いヤッター委員会副会長のおにーさん！　意見をどうぞ」

「あ、副会長は俺なんだ」

そんな俺達のやり取りに、リウを抱いてあやしていたリューが、苦笑を溢す。

「ご主人、ネルのスイッチが入っちゃってるっす。ご主人が相手してあげてほしいっす」

「やっぱりお前もそう思う？　実は俺も、コイツ今わかりやすくスイッチ入ったな、って思ってた」

我が家の暴走機関車ネル。走り出したら止まりません。

一度アクセルを踏んだ彼女は、もう感情の赴くままに、好き勝手話しまくるのである。

なお、そうしてスイッチを入れた時の相手は、もっぱら俺の担当だ。まあ、彼女の旦那《だんな》なので、確かに俺の役回りなんだろうが。

いやはや、勇者で妻で風呂《ふろ》過激派で武器フェチで暴走機関車とは、お前は幾つ属性を積み上げるんだ。可愛いからいいんだけどさ。

「ほら、副会長兼雑用おにーさん！　意見！」

「その『兼雑用』の部分をわざわざ付け足した理由あります？　……えー、赤ちゃんの可愛さは理屈ではなく、可愛いから可愛いのだと思います」

「正解！　世の中には、理由などないこともあるのです！　ただ、純然たる結果だけがそこにはあるのです！」

テキトーな俺の意見に、なんかそれっぽいことを言うネル。

あなたが楽しそうなので何よりです。

「あと、俺とリューの子であるということが、もう一層可愛くて仕方ない理由でもあると思います」

「そう！　その通り！　僕の家族の子供！　つまり僕の子供でもある！　素晴らしい……可愛いヤッター！」

「おいリュー、どうしよう。今日のネル、いつも以上にテンション高いぞ」

「残念っすけど、そういう時はウチらじゃ手に負えないっす。ご主人、頑張ってください」

「お前、面倒くさいからって俺に丸投げしてるな？　妻の一人として、妻の相手をする気苦労を君も一緒に味わってくれていいのではないかな？」

「いやいや、妻の仕事は夫の相手をすることっすよ。なら、妻の相手をするのは夫の仕事。ウチにそれを言うのはお門違いってものっすねぇ」

「……リュー、君もなかなか言うようになったではないか」

「誰かさんに鍛えられているので」

以前はなかった強《したた》かさを見せるようになったリュー。ぐぬぬ……強い。

なお、そんな俺達のやり取りは全スルーし、ネルは一人で暴走を続ける。

「しかも、これからレフィとおにーさんの子も産まれるんだよ！　もう、最高過ぎるね！　人生って素晴らしい！　生きることは素晴らしい！　はいどうぞ、副会長おにーさん！　繰り返して！」

「人生最高」

「そう！　人生最高！　この最高さを、リウにはいっぱい教えてあげたいね！」

「そうだな、色んなことを教えてあげなきゃな。風呂の魅力とか」

その俺の言葉に、ネルはハッとした顔になる。

「そ、そうだよ！　リウは、僕が絶対、お風呂を求める自由の戦士に育て上げるんだ！　一緒に世界の秘湯を探し、そして結局一番良いのは我が家のお風呂だということを教えてあげるのさ！　おにーさん、良い案を出してくれたね！」

「ネル、悪いっすけど、そんな風には育てないっすからね。お風呂好きまではいいっすけど」

「むむっ、教育方針の違い……！　いいよ、リュー、いっぱい議論しよう！　僕は是非ともリウにも、お風呂の素晴らしさというものを知ってほしいんだ……！」

「ご主人……余計なことを言うから、さらにネルがヒートアップしちゃったんすけど。責任取ってくださいね」

「いや、俺のせいにされても困るんだが……あー、ネル君。風呂の素晴らしさを教えるのは構わないが、それからどうするかはリウの自由意志による、ということでお願いします」

「！　そうだね！　確かに、色々教えてあげるのは家族の務めだとしても、そこからどうするかは、リウ自身が選ぶことか！　……リウ、お風呂は素晴らしいもの。素晴らしいものなのです……！」

「おう、我が妻ネル君。赤子の時から囁《ささや》いて洗脳するのはやめなさい」

君は風呂のこととなると、本当に手段を選びませんね。知ってたけど。

「リウは、こんな大人になっちゃダメっすからね」

「リウ、自由に生きることはとても良いことだが、ここまで極端にはならないようにな」

「リウ、一緒にお風呂の天下を取ろうね！」

風呂の天下とは。

そんな俺達の言葉に、リウはただ、その小さな耳をピクピクと動かし、くりくりの瞳《ひとみ》でこちらを見ていた。

可愛い。

◇　◇　◇

草原エリアにて。

「うおお、可愛いな！　この子も」

俺は、小型犬くらいのサイズの、モフモフでサラサラなその子を抱え上げる。

「ウチの子は珠《たま》のように可愛いが……この子は、ぬいぐるみみたいな可愛さだな！」

「クゥ」

「クゥウ」

「あぁ、そうだな！　ウチの子らと仲良く、この子も姉妹として育てようか」

仲睦《なかむつ》まじく、寄り添っているリル夫妻と、そう会話を交わす。

——そう、つい先日、彼らの間にも、子供が産まれたのだ。

性別は、雌。毛並みとか顔付きとか、「あぁ、二匹の子だな」とわかるくらいには特徴が似ており、超可愛い。

リル達が俺のことを受け入れているからか、初めて会ったはずの俺に対しても特に警戒を見せることもなく、開きたてらしい目で、興味深そうにこちらを観察している。はむはむと、腕を甘噛《あまが》みしてきたりして、超可愛い。

この子は、リウの妹で、レフィとの子の姉になる訳だ。

「カカ、また家族が増えたの。我が家は、どんどん大きくなるのぉ」

一緒に様子を見に来たレフィが、くしくしと子フェンリルの頭を少しだけ撫《な》でながら、楽しそうにそう話す。

リル奥さんとレフィは仲が良いため、レフィもまた非常に嬉しそうだ。

「クゥウ？」

「うむ、儂《わし》も、まあ恐らく数日以内じゃろうの。ユキの言う通り、リウと、そして儂らの子と、姉弟か姉妹かになる訳じゃ」

「クゥガウ」

「カカ、うむ。共に子育て、じゃな。何か必要になったり、手が足りんという時があったら、ちゃんと儂らを呼ぶんじゃぞ？　特にユキなら、いつでも貸し出してやろう」

「あ、俺が行くんだ。いや、勿論《もちろん》何でも手伝うが」

「当然じゃ、お主はリルに世話になりっ放しじゃろう？　こういう時に恩を返さんとな」

「そうだな、確かにそうだ。リル、遠慮しないで何でも言えよ」

「クゥ」

リルは、恐縮です、と言いたげに頭を下げる。

「あと、名前は何て言うんだ、この子？　分析スキルで見ても、まだ付いてないが……」

そう問うと、我がペットは、言った。

「クゥ、ガウ」

「え、俺が名付けろって？」

「クゥ」

「クゥウ」

頷《うなず》く夫婦。

どうやら二匹は、子供の名前は今後、俺の方で決めてほしいらしい。というか、リルが俺に決めてほしいらしい。

自分は、俺の配下だから、と。

リル奥さんの方も、特に反対するつもりはないようで、リルに任せているようだ。

そう言ってくれるのは嬉しいものだが……責任重大だな。

抱き上げた、子フェンリルを真っすぐ見る。

両親とよく似た、美しい銀の毛並み。

しばしの間、俺は考え――そして、決めた。

「――お前は、セツ。セツだ」

「クゥ……クゥ」

セツ……良い名前です、ありがとうございます、と言いたげに再び頭を下げるリルを、わしゃわしゃと撫でる。

「あとで、リウとリューと会わせたいのう。リューの顔が蕩《とろ》けるのが、今から目に浮かぶわ」

「はは、確かに。イルーナ達も大喜びするだろうな。あの子らが学校から帰って来たら、顔合わせさせるか」

「ガァウ」

「クゥ」

「セツ、この森は厳しいところだから、両親の言うことをよく聞いて、しっかり大自然を学ぶんだ。ただ、それ以上にこの世界は楽しいものだ。ウチの子達と、仲良く世界を謳歌《おうか》するんだぞ」

そう言うと、よくわかってないような顔で首を傾《かし》げながら、セツはペロッと俺の顔を舐《な》めた。

――と、彼女を中心に、リル夫妻と談笑を続けていた時だった。

突如、表情を歪《ゆが》めるレフィ。

「ッ、こ、これは……」

「？　どうした、レフィ？」

レフィは、言った。

「産まれる……」

「……産まれる⁉」

つい最近も同じやり取りをしたな、なんてことが、一瞬だけ俺の脳裏を過《よ》ぎった。

◇　◇　◇

それから、リウの時と同じく、一気に慌ただしくなる。

まず、動けなくなったレフィを抱えて大急ぎで家まで戻った俺は、ウチの大人組に彼女のことを任せると、ゼナさんを呼びに魔界へと向かった。

二度目だから多少は落ち着けており――なんてことはなく、やはり無様に動揺してしまっていた俺は、連れて来たゼナさんがすぐに女性陣と合流してくれた後、前回と同じく旅館で待機する。

前回と違うところと言えば、今俺の腕の中には、リウがいるということだろう。

「リウ、弟か、もしくは妹だぞ。まあ、セツがもう妹としているが……これで、正式にお姉ちゃんだな。つっても、あんまりそういうのは気にしなくてもいいが、仲良くはしてくれよ？」

「だぁ、あぁ」

手足を目いっぱいに伸ばし、俺の腕や顔を触ってくるリウ。

最初こそおっかなびっくりやっていたが、流石《さすが》にあやすのはもう慣れ、この子の言いたいこともある程度わかってきたように思う。

この子は、嬉《うれ》しい時は耳をピクピクさせるし、短い尻尾《しっぽ》をクリンクリンと動かすのだ。

その動きの、愛くるしさと来たら。半端ない。

もう、俺のことを父親とは、認識してくれているだろうか。

そうして、我が娘をあやしていると、イルーナ達が横からリウを覗《のぞ》き込む。

今日も彼女らは学校に行っていたのだが、先程帰ってきて、前回と同じく俺と一緒に待機しているのだ。

「うーん……かわいい。おにいちゃん、いつ見てもリウ、かわいいね！」

「そうだな……いつでも可愛《かわい》いな」

「リウ、どれくらいになったら、しゃべれるノ？」

「喋《しゃべ》るのはまだ先だぞ。会話が出来るようになる日が、楽しみだな」

「……ん。これから産まれる子と合わせて、色んなお話するの、楽しみ。今まで経験してきた、面白いこと、いっぱい話す」

「あぁ……いっぱい、色んな話をしてあげよう」

やはり俺が、ソワソワしていることをわかっているからか、少女組は気晴らしさせるように、そう口々に話す。

俺もまた、話している方が気が紛れることはわかっているので、それに乗っかって彼女らと会話を続ける。

「そうだ、お前ら、学校はどうだ？」

「あのねえ、面白い！」

イルーナは、話したいことが余程あるのか、堰《せき》を切ったように言葉を続ける。

「お勉強がね、レイラおねえちゃんから色んなことを教わったけど、それ以上に色んな分野の色んなものがあって、今自分が何が好きなのかっていうのを、探してるところなの！」

「シィは、ちょっとたいへんだよ！　おべんきょー、そんなにとくいじゃないし……しゅーちゅーしてないと、わかんなくなっちゃウ」

「……未知の探求は楽しい。レイラの気持ちがよくわかる」

エンの言葉の後に、レイス娘達も意外と勉強が楽しかったらしく、それぞれ「学校楽しいよ！」「色々覚えた！」「羊角の一族の里、やっぱりすごい」と感想を溢《こぼ》す。

が、今本人が言っていた通り、シィだけは、大変さの方が強かったようだ。

「む〜、みんな、ずるいよ〜！　シィは、ただたいへんなのに〜」

「はは、シィ、気持ちはわかるぜ。俺も勉強はそんなに好きじゃなかったからな。嫌々やってたようなもんさ。でも、一つくらい楽しい教科とか、なかったか？」

「うーんうーん……あ、まほーのじゅぎょーは、たのしいかも！　シィでも、よくわかるから！」

「そうか……それなら、他はあんまりでも、魔法だけは頑張ってみるといいさ」

「うん！　まほー、がんばる！」

全部が全部面白くなかったら、そりゃあ苦痛だろうが、一つでも楽しめるのなら……何とかなる、と思いたい。

あと、俺も前世で魔法の授業やりたかった。絶対楽しいだろ、それ。

「それとね、友達もいっぱい増えて、シィとレイスの子達なんか、羊角の子達には大人気なんだよ！」

「そう！　おべんきょーはたいへんだけド、ともだちはいっぱいできた！」

「……ちょっと大変そうだった」

「あー……簡単に想像出来る場面だな」

レイラは極端だとしても、大なり小なり同じ気質を持つのが羊角の一族だしな。

以前の旅行でも、大人気だったのはよく覚えている。

「……やっぱり、羊角の一族の里は、いいところだな」

「ね！　とっても楽しい里！」

「レイラおねえちゃんが、かっこいいりゆーが、よくわかるヨ！」

「……ん。良い里」

あそこは、まず知識欲が存在するため、人種やその他のことは、些事《さじ》となる。

イルーナとエンは、見た目はヒトそのものだから問題ないとしても、シィやレイス娘達は、まず外では見ない非常に特殊な種だ。

そんな彼女らが、ただの子供として、友達を作り、勉強をし、日々を過ごすことの出来る場所となると……非常に限られるだろう。

今後も、あの里とは、長く仲良くしていきたいものである。

――それから、また、時間が過ぎる。

しかし、時が経《た》つにつれ、俺の中に少しの焦りと、不安が湧《わ》き上がる。

リウの時より、かなり時間が掛かっているからだ。

もう、とっくに半日は過ぎている。

何か問題が起こっているのか。出産が上手《うま》くいっていないのか。

エリクサーがある以上、命に関わることはないと思うのだが……出産が長引くということは、レフィにも、レフィとの子にも、負担が掛かっていることは間違いない。

予期せぬことが、何か起こって――。

「フー……」

大きく息を吐く。

落ち着け。

大丈夫だ。覇龍と、魔王の子だぞ。丈夫で、強い子に決まってる。

だから、大丈夫だ。問題がある訳ない。

必死に自分に言い聞かせ、レフィと、そして皆を信じてただ待ち続け――。

「みんな、終わったよ！」

カチャリと、ドアが開かれる。

俺を呼びに来たのは、今回もまた、ネル。

「……大丈夫、だったんだよな？」

ネルは、微笑《ほほえ》みながら、しっかりと頷いた。

「うん、少し大変だったみたいで、時間が掛かっちゃったけど……母子共に無事だよ。おにーさん、顔を見てあげて。リウは、僕が見てるからさ」

そう言って彼女は、ポンポンと俺の頭を撫《な》でる。

知らず知らずの内に、どうやら相当身体《からだ》が強張《こわば》っていたようだ。

リウを任せると、一つ深呼吸することで肉体に無駄に入っていた力を解き、少女組と共にすぐに旅館から戻る。

皆、疲れた表情。

やはり、長時間の出産となったため、その疲れもリューの時より重いのだろう。

ただ——そこには、笑顔があった。

聞こえる、赤子の元気な泣き声。

ゼナさんが、言った。

「男の子です」

俺は、布に包まれ、泣きじゃくる赤子を見る。

俺と、レフィとの子。

リウと同じく、俺に似た黒髪。

肉体的な特徴も、リウのように母親似になったようで、レフィと似たような小さな角と、小さな尻尾がある。

翼は見えないが、もしかすると俺達と同じように出し入れ可能なのかもしれない。

「全く、お前、やきもきさせやがって……はは」

「どこの夫に似たのかの」

汗で髪を濡《ぬ》らし、普段全く見ないような疲れのある表情ながらも、しかし笑顔だけは輝いており。

内心の感情がよく伝わる声音で、そう話すレフィ。

「いやいや、どこかの妻に似たのかもしれんぞ」

「はて、お主の無茶を見て、儂《わし》がやきもきさせられることはあっても、儂がお主をやきもきさせたことなど、今までにあったかのう？」

「……無いな」

「では、誰に似たのかは明白じゃな」

力強さを感じさせる様子で、ニヤリと笑みを浮かべてみせるレフィに、俺は敵《かな》わないと苦笑を溢す。

お前は本当に……良い女だよ。

「さて、ユキ。この子に、名前を付けてくれるか」

「あぁ……そうだな」

俺は、俺達の子に触れながら、言った。

「お前の名前は――――サクヤだ」

息子。

何となく……リウの時とは、今俺が感じている感動の方向性は、違うように思う。

涙が出そうになる程嬉しいことは変わらないのだが、こう、リルに対して感じる親しみに、近いようなものを、今俺はこの子に感じている。

はは、娘と息子で、こんなに感情の動き方が違うのか。面白いものだ。

俺は、元気に泣いている我が子の頭に、そっと触れる。

よう、俺の息子、サクヤ。

女所帯の我が家にようこそ。

俺は妻いっぱいで、お前は姉いっぱいで、お互い苦労するだろうが……一緒に、この世界を楽しもうぜ。

◇　◇　◇

サクヤが生まれ、多少落ち着いた後。

リウの時と比べて長い時間が掛かったため、というか半日以上掛かったため、サクヤが産まれたのは夜を過ぎて朝日が昇ったくらいの時間帯だった。

だから、女性陣はかなり疲れており、風呂《ふろ》と飯を済ませたら即座に寝入ってしまっていたので、ようやく皆がまともに動き出したのは、その日の夕方過ぎだった。

その間のリウとサクヤの世話は、ただ旅館で待つだけだった俺がやった。これは、俺の仕事だろうからな。

ダンジョンにいる間は、俺は疲れにくいため、そう眠らなくても済む身体で幸いだった。

この肉体の強靭《きょうじん》さに、改めて感謝したいところだ。

イルーナ達も、本当は今日も学校だったのだが、俺達と一緒に待ち続けて疲れただろうし、何よりサクヤと一緒にいたいだろうからと、家の事情という理由で休ませた。

ゼナさんには、今回も泊まってもらい、皆でしっかりとお礼を言って歓待し……そして帰っていった。

彼女には、もう俺は、頭が上がらない。

この世界の俺の知り合いの老人は、皆、なんとカッコいいことか。

過酷な世界で長く生きているからか、信念がしっかりしていて、己の生き様というものが確立されているのだ。

俺も……そんなカッコいいジジィになりたいものだ。

「こうして見ると、リウとサクヤ、やっぱり姉弟《してい》って感じがするっすね！」

「こっちの子も、リウと同じく目元はおにーさんによく似てるけど、顔立ちはレフィ似だね！　男の子だけど、綺麗《きれい》な子になりそう！」

「カカ、『可愛い』などと言っておったら、その内怒ってへそを曲げたりする日が来そうじゃな」

「フフ、簡単に想像出来る未来ですねー。ウチは女所帯ですし、きっと、リウは何も気にしないようなことがあっても、サクヤの方だと恥ずかしがったりするんですよー」

「あはは、ありそう、それ！　嫌そうな顔するんだけど、でも気を遣って嫌とも言えなくて、微妙そうな表情になったりね！　で、それを見てリウが『変な弟』って思う訳か」

「あー、何と言うか、もうサクヤの成長の方向性が、今から見えそうっすねぇ」

「サクヤ、イルーナおねえちゃんだよ！　イルーナおねえちゃん！」

「シィおねえちゃん！」

「……エンおねえちゃん」

「リウと、仲良くなってほしいものっす」

「そうだね、姉弟で楽しくやってほしいね」

「そこは儂らがしかと見てやらんとな。ユキのように、捻《ひね》くれんよう二人とも育てねば」

「親として、責任重大ですねー」

女性陣の会話の横で、やはり興奮した様子で、サクヤの頭上をくるくると回るレイス娘達。

うむ、とりあえず我が息子よ。

お前の将来は、女性陣のおもちゃになりそうな予感がするが、是非とも頑張ってくれたまえ。応援しているぞ。

――それにしても。

俺は皆と共に、「だぁ、あぁ」と、不思議そうに手足を動かしているサクヤを見る。

リウの種族は母親の方に寄ったらしく、分析スキルで見ると、『種族：ウォーウルフ』となっていた。

そして、サクヤは――『種族：龍人（?・?・）』。

ただの龍人ではなく、そこに括弧書きが追加されている。で、いつもの如《ごと》く読めない。

今の俺ですら。

さらに、リウとは違って、称号欄が一つ、すでに埋まっていた。

それは、『?・?・を?・す者』。

やはり、俺では読めない何か。最近本当にこれが多いな。

どうやら我が子には、何か秘密があるらしい。

まあ、ウチの子が何者でも関係ないけどな。

それこそ、『龍神《りゅうじん》』とか『魔神』とかが括弧書きに書かれていたとしても、別に問題ない。

この世界における神とは、『ドミヌス』を除き、ただ大きな力を持っているだけのヒトであるということを、俺は知っているのだから。

と、今回も顔見せのために連れて来たリルが、ウチの子を見ながら、ポツリと鳴いた。

「クゥ」

この子は、大物になりますね、と。

「お？　どうしてだ？」

「クゥウ」

リルは、話す。

どうやら、サクヤからは何か、特異な魔力が感じられるらしい。

俺の魔力にも、レフィの魔力にも似ているそうだが、その二つが混ざり合って、何か引き込まれるような、引力のようなものを感じられるのだという。

「ふむ、リルの言いたいことは、儂もわかるかもしれん。確かにこの子の放つ魔力は、少々異質じゃな。近いものは、恐らく――精霊王。あの爺《じじい》じゃの。あくまで、方向性だけじゃが」

へぇ……やっぱり、そういう何かがあるのか、この子には。

精霊王の方向性というのは、つまり――。

「まあ、何者でもいいんじゃないっすか？　この家にいて、特異じゃないものなんて、むしろ少ないっすから」

「あはは、確かに。我が家程おかしなものがいっぱいあって、種族もバラバラな家族なんて、世界広しと言えど存在しないだろうしね」

「羊角の一族の出で、色々と学んできた身として断言しますが、まず間違いなくここ以外には、我が家のようなご家庭は存在しませんねー」

「ウチの大黒柱からしてアレじゃからな」

「何かな、レフィ君。言いたいことがあるならば言いたまえ」

「ユキ。お主は変人じゃ」

コイツ……！　率直に言いやがった……！

「レフィ、わかってるんだろうな！　お前はもう、妊婦じゃないんだ！　つまり俺が、お前に手心を加える必要はなくなったということ！　今までは気遣って、優しく接してやっていたが、今日からは覚悟してもらおう！」

「ほう！　儂に対して抜かしおったな！　いいじゃろう、どんな手心を加えておったのか知らぬが、お主こそわかっておるんじゃろうな！　サクヤを産んだ今、儂は真なる母親となった！　である以上、お主の塵芥《ちりあくた》が如《ごと》き手心なぞ、あろうがなかろうが関係ないわ！」

「いいだろう！　それならば、父になった者の力と、母になった者の力！　いったいどちらが強いのか、今ここで決めようではないか！」

「そうじゃな！　認識の甘い夫には、そろそろ灸《きゅう》を据えねばならんじゃろう！　ユキ、覚悟せえよ！」

「二人とも、ヒートアップするのは良いっすけど、あまりうるさくするとリウとサクヤが泣いちゃうんで、やるなら旅館の方でお願いするっす」

「「はい」」

「いやぁ、リューも、随分強くなったねぇ」

「母は強し、ですねー」

のほほんと笑う、ネルとレイラだった。

こうして、我が家にもう一人、住人が増えた。

リウと、サクヤ。そして、セツ。

仲良く、大きく育つんだぞ。

よ！」

エピローグ　我が子達

「フゥー……ようやく二人とも眠ったか」

俺は、スヤスヤと眠る二人の我が子を見ながら、そう溢《こぼ》す。

先程まで、それはもう元気に二人とも泣きまくっていたのだが、それで疲れたのか、電池が切れるようにストンと両方とも眠ってしまった。

泣いている片方の声で、もう片方が起きてしまって同じように泣き、ようやく泣き止《や》んだかと思ったら、また片方が泣いてしまって、その声で起きてもう片方も泣き、みたいな共鳴があるのだが、その時はもうすごいカオスだ。

大人達はその可愛《かわい》らしい姿を見て、笑いながらあやすのである。

また、お互いを見て何か会話をしているような姿も時折見る。いや、勿論《もちろん》実際に喋《しゃべ》っている訳ではないのだが、互いを意識しているような時があるのだ。

すでに、自分達を姉弟《してい》だとは認識しているのかもしれない。

そして、面白いもので、二人はすでに性格の違いが出始めているように思う。

というのも、リウは常に元気いっぱいで、身振り手振りで表す感情が豊かで、あとよく笑う。

対してサクヤの方は、少し大人《おとな》しい感じがあり、何となくリウよりも冷静というか、よく皆の顔を見ているような印象があるのである。

まあ、とは言っても赤子なのは変わらないので、泣く時はそれはもう元気いっぱいで、元気いっぱい手足と尻尾《しっぽ》を動かしまくるのだが。

リウの小さな耳がピクピク動くのは超可愛いし、サクヤのぷにぷにの軟骨のような小さな角も、いつ見ても超可愛い。

また、ネルも言っていたが、サクヤはレフィ似の顔立ちなので、将来はさぞ女泣かせになるんじゃなかろうか。羨《うらや》ましいヤツめ。

……その辺りのことは、俺が教えなきゃ、か。

偉そうなことを言えるだけの人生経験をしたとは思えていないが……ただ、親として、生きる上で大事なことだけは、教えてあげたいものだ。

「……はは」

現時点でそんなことを考えている自分に気が付き、俺は思わず苦笑を浮かべていた。

なるほど、親が色々子供に言いたくなるのは、こういう心理なんだろうな。

で、うるさいと子供は反発し、親と喧嘩《けんか》しながら成長して、また親になった時に子供に色々言ってしまうのだろう。

そんな将来を思い、何だか面白い感情が湧《わ》き上がってくる。

「――何じゃ、ユキ。ご機嫌そうじゃな」

「ん、レフィ。起きたのか」

「うむ、まあ儂《わし》は、元々そこまで昼寝の必要もないからの。肉体だけは強い故」

リウとサクヤが夜起きてしまった時のために、最近の大人組は、交代で意識的に昼寝をするようになっている。

で、つい先程までレフィも、旅館の方で少し眠っていたのだ。

「お主の方こそ、ずっと世話しておるじゃろう。休んでも良いんじゃぞ？」

「おう、俺も大丈夫だ。そもそも、ダンジョンにいる限りずっと力が流れ込んでる訳だし、みんなより楽なのは間違いないしな。これくらいはしないと夫として立つ瀬がないってもんだ」

「そうか。では……二人で面倒を見るとしようかの！」

「はは、あぁ」

手招きすると、レフィは胡坐《あぐら》を掻《か》いていた俺の膝《ひざ》の上に、ストンと座る。

後ろから手を回して軽く抱きかかえると、彼女もまた、そのまま俺に身体《からだ》を預ける。

二人、無言で、我が子達を眺める。

「……すごいものじゃの」

「ん？」

「こんな小さくて可愛いのが、やがて大きくなって大人へと至るのじゃからの。イルーナ達の成長も感慨深いが……」

「ここまで小さいのが大きくなれるのが、すごいって？」

レフィは、頷《うなず》いた。

「うむ。よくもまあ、生物とは、こんな弱くちっぽけなところから成長するものじゃ。それはつまり、庇護《ひご》者が守り続けたことで、成長出来た、ということじゃろう。……親の責任というものの大きさを、改めて感じての」

「……そうだな」

この、小さく儚《はかな》い命を、俺達が育てる。

レフィの言う通り、それはとても、大変なことだろう。

「ま、とは言うても、子供は子供で、自らで自らなりに考え、成長していくのじゃろうがな。イルーナ達を見ていて、そう思うたものじゃ」

「最近のあの子らの話を聞くの、俺の楽しみの一つだわ」

「儂もじゃ」

少女組が学校に通うようになってから、彼女らは、今日一日あったことなどを元気良く話してくれるようになった。

夕飯時にその話を聞くのが、最近の楽しみの一つである。

家の外に出る以上、楽しいことも大変なことも、等しくあるだろうが……このまま、世界を謳歌してもらいたいものだ。

「ユキ」

「ん？」

「お主と、儂とで最初はおって、次にシィをお主が出して、イルーナがやって来て。それから……

ここも、随分人が増えたのう」

「そうだな……俺が、この世界に生まれてすぐに出会ったのが、お前だったな」

「カカ、そうらしいの。最初は儂は、変な魔族がいると思うたものじゃ」

「俺は、あ、詰んだと思ったね。それが、チョコ一つで釣られてほいほいウチまで付いて来てよ」

「あのちょこは非常に良い匂《にお》いがした。じゃから、仕方ないの。覇龍でも抗《あらが》えないのが菓子。そういうものじゃ」

「そうかい。まあ、お前のそのチョロさのおかげで、こうして一緒にやっていけてる訳だから、むしろ感謝すべきなのかもしれんが」

「覇龍を満足させられる菓子を出せる者など、世界において一握りじゃろうて。お主はその一握りの者じゃ。良かったの、その幸運があって」

「いやいや、俺としちゃあ、お前の縄張り内にダンジョンが出来て、そこに呼び出されたことの不幸を嘆きたいところだ」

「ほう？　そうか、不幸か」

「そうさ。そのせいで俺は、一人で生きられないようになっちまったんだからな。これから先、否《いや》が応でもお前と一緒に生きることになっちまった訳だし」

「それは残念じゃったな。世界を悪に染めるはずの魔王が、妻の尻《しり》に敷かれる生活を送るハメになった訳か」

「おうよ。おかげで俺は、しがない夫として、妻達の機嫌を取り、子供をあやす日々さ。なんて

『魔王』って字面から程遠い生活をしてるんだって我ながら思うぜ」

「それは確かに」

肩を竦《すく》める俺に、レフィもまた、笑う。

「……こうやって考えると、お前は俺がこの世界に来てから、ずっと一緒にいるんだな」

「カカ、そうか、お主にとってはそうなるのか」

「………」

その時俺は、ふと思ったことに、我ながら照れ臭くなってしまい、何も言わなかったのだが。

しかし、レフィにとってはそんな俺の内心など、お見通しだったらしい。

彼女は、微笑《ほほえ》みながら、俺を見上げる。

「安心せい。死ぬまでずっと共におるよ」

「――――」

言葉が出ず、俺は、ギュッとレフィを抱き締める。

「……ったく。不幸だよ。本当にさ。我が妻レフィには、魔王である俺を、全然その字面に似合わない者にした責任を取ってもらいましょう」

「仕方がないのぉ。では、その見返りとして、お主には覇龍をただの母にした責任を取ってもらおうかの」

「いいだろう、契約成立だな」

なんて、二人で冗談を言い合っていたその時、まず眠っていたはずのリウが、突然起きて泣き始

め、その声を聞いて同じように起きてしまったサクヤが、同じように泣き始める。
俺達は、顔を見合わせて笑い、それから二人をあやし始めた。

特別編一　レフィの肉体

レフィは、思った。

――身体が、軽い、と。

「ふむ……ま、当然と言えば当然かの」

自身の腹部に触れながら、そう呟《つぶや》く。

少し前まで、一人分の命を抱えていた腹部は嘘《うそ》のように元に戻り、非常に身体が軽い。

あれだけ色々不自由があったにもかかわらず、そうして楽になったことに対して、何となく清々しさよりも寂寥《せきりょう》感の方が勝《まさ》っている感じだ。

見るのは、自身の息子、サクヤ。

この赤子が、今まで自分のお腹《なか》の中にいたのだ、ということが、未だに信じられない。

何とも不思議で、神秘に満ち溢《みあふ》れており、ただ見ているだけで嬉《うれ》しくなってくる。

「お主は、本当に可愛いのぉ」

今は、あどけない寝顔でスヤスヤと眠っている。本当に、ビックリするくらい毎日眠っている。

赤子とは手の掛かるものだと思っていたが、もっと手の掛かる旦那《だんな》――もとい、色々面倒に巻き込まれる旦那と過ごしてきたからか、一日数回泣いたりするのもただただ可愛いばかりで、大変だと思ったことはまだ一度もない。

自分の特徴と、そして愛する旦那の特徴を継いだ息子。

小さく可愛《かわい》らしい角と尻尾を持っているこの子だが、恐らく今出していないだけで、翼もあるだろうことはほぼ確信している。

背中の肩甲骨の辺りに、魔力の流れが集中しているのが見て取れるからだ。

その内、何かの拍子にポンと出すんじゃないかと思うので、そうしたら是非とも飛び方を教えてあげたいものである。

「その時は……うーむ、リウにも出来れば教えてやりたいんじゃがのぉ」

サクヤの隣で眠る赤子。

姉の、リウ。

この子もユキの血を引いているが、恐らく翼はない。サクヤと違って、背中に魔力の流れが見られないからだ。

ただ、サクヤが飛べるのに自身は飛べないとなると、羨《うらや》ましがるような未来がある気がする。

その辺りのことは、親として何か考えておいてあげないとならないだろう。

「……カカ。親か」

リウは、厳密には自分の子ではない。

だが、やはりこの子もこの子で、とてつもなく可愛いのだ。

自分がお腹を痛めて産んだ子ではないのに、サクヤと同じくらいには、我が子であるように感じている。

実は、レフィはこのことがかなり嬉しかったりする。

リウをサクヤと同じく自分の子だと認識出来ているということは、つまりリューのことを、本当に心から家族だと思うことが出来ているという証《あかし》だと思うからだ。

逆にリューの方も、サクヤに対して同じように思ってくれていることはすでにわかっている。自身の娘であるリウと同じだけの愛情を注いでくれているのを、実際に見て知っているのだ。

それが、もう、言葉にならないくらい嬉しい。

きっと、その内生まれてくるであろうネルとレイラの子も……とんでもなく可愛いのだろう。

――ま、久方ぶりの身軽な身じゃ。思い切り、動かしてみるかの。

妊娠してから日課としていた散歩……いや。

身重となり、腹部が大きくなってからは、全く飛ばなくなった。

翼を出すのすら久しぶりなので、身体を動かしがてら思い切り空を飛ぶのが良いだろう。

「リュー、レイラ。ちと二人の世話を頼んで良いか?」

「勿論《もちろん》っす。いつものお散歩っすか?」

「身体を動かすのは良いことですねー」

「うむ、そんなところじゃ。久方ぶりの身軽な身体じゃからの、思い切り飛んでみようかと思うて」

そう言って、レフィは子供達のことを任せると、居間を出て行った。

◇　◇　◇

彼女が向かった先は、草原エリアではなく、魔境の森。

草原エリアは、庭や遊び場としては十分な広さがあるが、自由に飛ぶとなると狭いのだ。以前ユキが限界地点にぶつかって、鼻血を出していたのはよく覚えている。

が――やはり、こちらは暑い。

「かー、ここはいつでも暑いのう……」

太陽が眩《まぶ》しい。

草原エリアは暑くても過ごしやすいが、こちらはムシムシしている。年がら年中だ。春も冬も秋も存在せず、夏のみである。

ユキと出会う前に住処《すみか》としていた山は、単純に標高が高いためそうでもなかったが、この辺りは半袖《はんそで》でも暑い。

一瞬引き返したくなったが、これくらい我慢出来ねば親として情けないかと思い直し、背中に翼を生やす。

久しぶりの翼を、何度かバサバサと動かして調子を確かめ――そして、一気に大空へと飛び立った。

吹き抜ける風。

レフィの本気の飛行は、現在のユキと比べてもなお一段と速く、風魔法で前方に風除《かぜよ》けを生成していないと、自分の目もロクに開けられない程である。

ユキの前世で言うならば、最新鋭の戦闘機に余裕で競り勝てるであろうスピードで空を縦横無尽に飛び回り――しかしレフィ自身は、違和感を覚えていた。

――ふむ。やはり、ちと衰えておるか。

レフィは出不精であり、ユキと出会ってからはダンジョンに引きこもってばかりの日々だったが、龍族という世界でも最高峰の肉体を有する種であるため、その程度で身体《からだ》が鈍ることはない。

そもそも、レフィでなくとも龍族など、一年二年は当たり前、十年やもっと長いスパンでのんびりし続ける種である。

最強種であるというのは伊達《だて》ではなく、たとえ百年同じところに寝そべっていようが、肉体的には何ら影響がないのだ。

にもかかわらず、今レフィは、今までにないような明確な肉体の衰えを感じていた。

原因は、明白だ。

「そんな気はしておったが、やはりサクヤにある程度の力を吸われたか」

一旦《いったん》その場に滞空し、自分の肉体を見る。

能力など滅多に確認したりしないため、細かい桁《けた》は全く覚えておらず、具体的な数値がわかる訳ではないのだが……体感では、二割。

以前より、魔力と肉体が弱まったように感じる。

と言っても、サクヤ自身にその分のステータスが反映された訳ではない。

リウより高い能力は持っていたが、それでも赤子相当の数値しかないことはすでにわかっている。

だが、もっと根源的な……上手《うま》く言葉に出来ないが、言わば、成長の可能性。

その部分に、自身の吸われた力が使われたのではないだろうか。

あの子は、外見はどうやら自分の方に似たようだが、もっと本質の部分は、旦那に似たのだろうとレフィは確信している。

つまり、『器』の在り方の部分で、生物としては規格外の柔軟さを持つ、魔王の特徴を有して生まれたのだろうと、そう思うのだ。

「カカ……まさに、覇龍と魔王の力を受け継いだ子、か」

なかなか、我が子の将来は大変そうだ。

自分も、我が子が物心つくまでには、母としてこの衰えた身体を鍛え直しておくべきだろう。

頼れる強い母として、頑張らねば。

――あぁ、なんと、未来に心躍ることか。

レフィは、滞空したまま、世界を見る。

陽《ひ》と青空。

森と山脈。

川と海。

地平線のどこまでも続く、可能性に満ちた世界。

自分がいて、旦那がいて。家族がいて、そして我が子達が生きる世界。
レフィはしばしの間、世界を見続け――そして、ダンジョンへと帰ったのだった。

特別編二　母親達

――ダンジョンの、草原エリアにて。

ユキを除いたダンジョンの大人組に、リル妻。

そしてリウとサクヤとセツが、旅館の庭に面した部屋に集まっていた。

定期的に開かれている、嫁会議の開催のためである。

なお、イルーナ達は学校で、ユキとリルはいつものように外に追い出されている。嫁会議開催中は、彼らは近くにいてはならないのである。

そのため、必然的にリウ達の面倒も、彼女らが見ているのだ。

「さて、嫁会議を始めるかの。――と、それに当たって、まず一つ提案したいのじゃが……今まで嫁会議と言うておったが、子供も出来たことじゃし、『妻会議』に名称を変えようと思うんじゃが、どうじゃ？　もしくは、母会議かの」

「あー、確かに。嫁会議だと、あんまり母親って感じしないもんね。でも母会議だと、僕とレイラが当てはまらないよ？」

「いいんじゃないっすか？　ほら、ウチの家族って、夫一人に妻四人って形だし。ご主人も言ってたっすけど、リウとサクヤの母親は、みんな。それでいいと思うっす。まあでも、妻会議が丸いかもしれないっすね。それは必ず当てはまる訳ですし」

「私はどちらでもいいですよー」

「……レイラがあやすと、リウもサクヤも、すぐ眠るんじゃよな。儂らの中で一番母親、と言えるのはレイラかもしれんの」

「こういう時に、レイラが才女だっていうのを感じるっすよねぇ。何でもコツをつかむのが上手《うま》いというか……」

「わかる。やっぱり、要領が良いんだろうね。僕も見習わないと」

「フフ、私は少し慣れるのが早いというだけですよー」

「クゥウ」

口々に話すレフィ達を見て、「相変わらず、皆さん仲が良いですね」と微笑《ほほえ》ましそうに鳴くリル妻。

「まあ、家族じゃからな。リル妻はどうじゃ、お主も意見があれば遠慮なく言うてくれて良いからの」

「クゥ、クゥウ」

リル妻の「では、私も妻会議が良いかな、と。色んなことを、広く話せる気がします」という意見により、賛成多数で嫁会議は妻会議へと変更される。

「よし、改めて、妻会議を開催する。さあ、何か議題のある者はおらんか」

「あ、レフィが何か話したくて始めた訳じゃないんだ」

「いや、別に。強いて言うならば、最近やっておらんかったし、儂らもリウとサクヤを産んで身軽になったし、ここらで開催しようかと思うての」

「確かに、ウチらが妊娠してから何だかんだゆっくり時間が取れる時ってなかったっすもんねぇ。今は今で、この子達のお世話があるっすけど」

「はい！　じゃあ、僕から一つ！　おにーさんのことについてなんだけど、最近ちょっと暇そうにしているから、僕らでもうちょっと構ってあげた方がいいかもね」

「あー、そうか。皇帝でなくなったから家にいる機会が増えて、イルーナ達も学校に行って、それでエンがいないから森に出る機会も減っておって、以前と比べるとやれることが少ないんじゃな」

「リウとサクヤとセツの面倒を見る、というのはしてくれていますが、それは皆でやっていることでもありますからねー。あと、今はこの子達を中心に生活が回っていますから、私達がユキさんのお相手をする時間が相対的に減ってしまっているのはありますー」

「そうそう。だから僕らも、意識しておにーさんの遊びに付き合ってあげた方がいいと思うんだ。もしかしたら退屈とか、寂しいとか思ってるかもしれないし」

「本当に寂しいって思ってたら、ちょっと可愛《かわい》いっすね。あの人、そんな様子とか絶対ウチらに見せないっすし。やりたいことがあれば、はっきり『やりたい』って言う人っすから」

「カカ、そうじゃな。最近は甘えることも増えたが、意地っ張りな面があることは間違いないの。基本的に負けず嫌いじゃから」

「それはレフィも同じじっすけどね」

「似た者夫婦だもんね」

「う、うるさいぞ、お主ら。――オホン、リルの方はどうじゃ、ユキと森に出る機会が減って、暇しておったりせんか？」

「クゥ、クゥウ」

リル妻は「最近、新人の狼《おおかみ》が入ったことで、仕事を任せられるようになって楽、なんてことを言っていましたよ」と話す。

「あぁ、ユキがどこかから連れて来た狼か。なかなか見どころがある、というのは聞いておるが。ほう、それは良かったの。ようやく彼奴《きやつ》にも、頼れる部下が出来たか」

「あはは、他のペットの子達もいるけど、何だかんだで、リル君が全部やってるみたいだもんねぇ。おにーさんとリル君は正反対って感じの性格だけど、おにーさんとあのペットの子達は、似たような性格ってイメージだし」

「わかりますねー。リル君以外のペットの子達、結構自由な感じありますからー。きっと、召喚された時に彼の生体情報が一緒に入ってしまったのでしょうー」

「……そうなると、リウもサクヤも、どれだけ自由人になってしまうんすかねぇ。楽しみやら、末恐ろしいやら」

「カカ、きっと儂《わし》らでも止められんような、おてんばに育つんじゃろうの。ま、数多《あまた》のことを経験して、数多を失敗すれば良いが、命に関わる危険だけはしっかり儂らで注意せんとな。セツも、しかと親の言うことを聞いて、育つんじゃぞ？　と言うても、リルに似たら大変な人生になりそうじゃから……お主の母に似るがよい！」

よくわかっていないような様子で、くりんと首を傾《かし》げるセツを、レフィはわしゃわしゃと撫《な》でた。

と、次に、レイラが口を開く。

「いやー、でも、リウは何だかんだ言うことを聞く子になる気がしますが、サクヤはユキさんとレフィとの子ですからねー」

「……そう考えるとヤバいね。我が家の筆頭自由人二人の子か」

「ネル、一つ言うておくが、最近のお主は儂よりも自由な感じがあるからの」

「ウチも、筆頭自由人はご主人っすけど、次に来るのはネルかな……って最近は思ってるっす」

「えっ、そ、そうかな？　い、いやいや、そんなことないんじゃない？　キャリアウーマンたる僕は、常識人も常識人、秩序を重んじる優しきパートタイム勇者さ！」

「ネル、そういうとこっす」

「ネル、そういうとこじゃ」

「うーん、子への性格の遺伝ですかー。正直私も、この好奇心が自身の子に遺伝したらどうしようか、とちょっと心配に思っている面はあるんですよねー。羊角の一族の方に寄って生まれてしまったら、もう諦《あきら》めるしかないのですがー」

「あ、それは諦めるんだ」

「業なので、矯正するのは無理ですねー。本人の知識への欲求を受け入れるだけになりますー」

「改めてじゃが、すごいな、お主らの種族。……お主の師匠のエルドガリアに、子育てのコツでも聞きたいところじゃ」

「それは私もですよー」

「まあまあ、落ち着くっすよ、みんな。何だかんだ言ったっすけど、ウチらの性格はウチらの性格。子の性格は子の性格。それぞれ違うものっす。誰《だれ》に似ようが誰に似まいが、ウチらはそれを受け入れて、愛すだけっす。ねぇ、リル奥様」

「クゥ」

「……まさか、リューに纏《まと》められる日が来ようとは」

「リュー、母親になってから、しっかり度がすごい増したね！　偉いよ！」

「……リュー、私は、本当に嬉《うれ》しいですよー」

「……素直に感心されると恥ずかしいんで、やめてほしいっす。え、というかレイラ、本気で感動してないっすか？」

会議と言いつつ、ただの雑談が続く彼女ら。

しかし、こうしてコミュニケーションを取ることで、彼女らは息抜きをし、英気を養うのである。

リル妻は、「この子ら、元気ねぇ」と思いながら、ただ退屈することもなく、ニコニコと話を聞いていた。

会議の横で、時々セツやリウ達の様子を見て、問題なさそうなことを確認しながら。

——現時点で、最も母親らしくあるのは、彼女なのかもしれない。

特別編三　少女組の一日

ダンジョンの少女組、イルーナ、シィ、エン、レイ、ルイ、ロー。

成長した彼女らは、ダンジョンの中だけで過ごす日々を終え、羊角の一族の里の学校に通う日々を送っていた。

朝起きて皆で朝食を食べ、それから着替えて準備して家を出て、扉を潜《くぐ》って羊角の一族の里に向かい、学校に通う。

授業を受け、それが終わった後は、そのまま新しく出来た友達と遊んだり、家に帰ってリウとサクヤの面倒を見たりし、お腹《なか》いっぱい料理を食べ、風呂《ふろ》に入り、眠る。

楽しい、充実した日々である。

元々、レイラに色々と『勉強の仕方』を教わっていた彼女らは、学ぶことが嫌いではない。

まず、イルーナは言わずもがな。普通の子供で、並の好奇心があり、賢く勉強の重要性を理解しているため、真面目《まじめ》に学んでいる。

シィも、好きではない勉強は多くあるし、それらが大変だとは思っているが、しかし学ぶこと全《すべ》てに拒否反応を示す訳ではなく、ユキと一緒にやる理科の実験などは普通に楽しくやる気を見せるし、自分でも理解が及ぶ魔法に関しては、しっかり学ぼうとする姿勢を取るのだ。

また、ユキの武器という自負があるため、長期間彼から離れることを嫌がっていたエンも、何だかんだ今の学校生活を楽しみ、イルーナ達と一緒に学ぶ日々を満喫していた。

自分の好きなことには一直線であり、良く言って職人気質、悪く言って頑固な面が少しある彼女は、気に入ったものにはひたすらのめり込んでいくため、知識のためにどこまでも探求していく羊角の一族の者達の姿勢とは、合うものがあるのだ。

レイス娘達などは、いたずらっ子ではあるものの、集中する時は意外としっかり集中して勉強する。

シィと同じく、やはり興味があるのは魔法くらいで、他は「ふーん」というくらいに聞いているだけではあるが、理解力自体は普通の子供と同じだけのものを有しているのである。

そんな少女組の面々であるが――学生の思うことをすでに、彼女らも思うようになっていた。

「学校に通うようになって大変なのは、朝起きること、かもねー……」

扉を潜り、羊角の一族の里の学校へ向かいながら、ふわぁ、と一つあくびを漏らすイルーナ。

「ちょっと、あわただしくなるよネ！」

「……ん。のんびりしてたら、遅刻しちゃう」

「いや、わたしは、眠くて辛《つら》いって言いたかったんだけど……うぅ、いつでも元気なみんなが羨《うらや》ましいよ」

ため息を吐《つ》くイルーナ。

シィとエンは、見た目こそ子供そのものであるが、特殊な種族故に並の大人よりも体力がある。

レイス娘達などは、もはや肉体がないため、活動休止状態になることはあっても眠ることはしない。

イルーナも、よく遊びよく食べ、よく眠る生活を送ってきたため、肉体的には非常に健康な状態を保っているし、同年代と比べても体力はあるが、しかしあくまで子供相当のものである。

肉体的に辛い、という悩みを、少女組の他の面々とは共有し得ないのだ。

「イルーナ、かいふくまほー、かける？」

「大丈夫。そういう辛さじゃないから」

「……眠気を取るには、朝日に当たって、ストレッチがいいって、レイラが言ってた」

「うー、ストレッチするかぁ。……そう言えば、ものすごい今更なんだけど、レイスの子達って、朝日を浴びても平気なの？」

身体《からだ》をほぐしながらイルーナがそう問い掛けるも、レイス娘達は質問の意図がわからないと言いたげな様子で、首を傾《かし》げる。

「いや、その、レイスって種族は、陽《ひ》の光ってあんまり得意じゃないんじゃないかって思って。今まで、何にも気にしないで朝とかも一緒に遊んでたけど」

彼女らは顔を見合わせ、まずレイが「朝日、気持ちいーよ？」と言い、ルイが「明るい方がよく見えるじゃん」と言い、ローが「日向《ひなた》ぼっこ、好きー」と言う。

「みんな、かつどうてき、だもんネー！」

「……イルーナの疑問もわかるけど、この子達はレイスであってレイスにあらず。そう思うべき」

「う、うーん、そっか。まあ、三人が特に気にしてないんだったら、いいんだけど」

なお、実際にレイスという魔物は、陽の光を嫌い、夕暮れ時から夜に出没する魔物である。

特に陰気が感じられるような曇り、雨、霧などの気候を好み、暗い物陰に潜む習性を持つ。

レイス娘達もまた、そういう環境が嫌いではないし、『いたずら好き』という性格は多少レイスとしての特性が出ていると言えなくもないだろうが、しかし普通に日中の時間帯も好きで、特に陽の光がどう、と気にしたことは一度もない。

日向ぼっこは好きだし、明るい方が気分も良い。

やはりレイス娘達はレイス娘達で、相当特殊な個体なのであった。

と、そんなことを話しながら、すでに慣れてきた通学路を通っていると、前方に彼女らの学校が見えてくる。

――ファレンシア魔導学術院。

その筋の者達にとっては知らぬ者のいない、非常に有名で名前の通った学校であり、無秩序に全てを受け入れている訳ではないが、学びたいと望む者ならば基本的には受け入れることが可能なだけの体制が整っている。

世界において最先端の学び舎《や》と言っても決して過言ではなく、学問の各分野において、必ず誰かしら名前の挙がる偉人がいる、『羊角の一族』という魔族の原動力と言うべき場所である。

イルーナ達は、その中で『幼年学部』用の校舎に通っているが、他の校舎と比べ、子供の好奇心を掻《か》き立てるような模型や設備などが多く設置されており、また子供の身体を作るための遊び場などもしっかり存在している。

学ぶことは楽しく、そしてそのためには健康な肉体が必要、ということを、子供の頃《ころ》にしっかりと教え込むのである。

まあ、子供の頃にそういう教育をしているにもかかわらず、大人になるにつれて研究に打ち込むせいで日常のサイクルが不安定になり、全く健康的とは言えない生活習慣を送る羊角の一族の者は、数多くいるのだが。

魔族であり、なまじ無理が利いてしまうため、徹夜などはしょっちゅうなのだ。

その点レイラもまた、元々は生活習慣など気にせず、ただ好きなように知識の探求にのめり込む生活を送っていたのだが、ダンジョンで暮らすようになってからは大分健康的な生活を送っている。

皆が寝静まった後も一人ノートを開く、ということがあるのは昔と変わらないが、日中問題なく活動出来るだけの休息は必ず取り、必要なだけの運動もするようになっていた。

昔と違い、皆の世話をすることが生き甲斐《がい》の一つになっていることに加え、イルーナ達がいるため、乱れた生活を見せるのは良くないだろうという意識が彼女の中に生まれたのが理由である。

レイラの妹であるエミューと、レイラの師匠であるエルドガリアと共に暮らしていた日々の中でも、特にエミューに対してレイラが世話を焼くことは多かったが、良くも悪くも彼女らは身内で、同じ一族の者。

知識を追い求めるという姿勢が共通しているせいで、あまりそういう意識も働かなかったのだ。

「あ、エミュー！　おはよう！」

「エミューだ！　おはよう！」

「……おはよう」

三人の後に、同じように片手を挙げて挨拶《あいさつ》するレイス娘達。

ちょうど校舎に入るところで会ったのは、エミュー。

「みんな、おはようです！　今日も変わらず、元気ですねー」

「げんきいっぱい！」

「……元気モリモリ」

シィとエンの後に、レイス娘達がそれぞれ元気だと示すようなジェスチャーをする。

「みんなはねぇ。わたしは、ちょっと眠いよ。別に、夜更かしした訳でもないんだけど」

眠気を堪《こら》える表情をしているイルーナを見て、エミューは共感するような表情を浮かべる。

「あー、わかるです。朝、キツいですよね。いっぱい眠ったはずなのに、まだ眠くて」

「そうなの。でも、ウチの子達は元気いっぱいだから、全然共感されなくて」

「毎日ですからねー。つまらない授業の時とか、もう眠くて仕方ないです。寝ちゃうと、あとで師匠がニヤニヤしながら、それはもう楽しそうに新しい課題を課してくるんで、我慢しますけど……」

「シィも、おもしろくないときは、ウトウトしちゃう！」

「……シィのは、わからなくてつまらない、だろうけど、エミューのは、そんなの簡単だからつまらない、だと思う」

エンの言葉に、でへへぇ、という顔をするシィ。

「エミュー、かしこいもんネ！」

「流石《さすが》、レイラお姉ちゃんの妹だよね。いっぱい色んなこと知ってて、頭が良くて、尊敬しちゃうよ」

「……ん。賢い」

「へへん――って、得意げになりそうなところですけど、イルーナもエンも頭の回転が速いですし、レイスの子達も、魔法技能で言えば同年代の子だと上から数えた方が早いくらい卓越してますし……多少物を知ってるくらいで自慢してたら、恥ずかしいことになりそうです」

「シィは～？」

「シィは可愛《かわい》いです」

「えへへぇ、ありがと！」

嬉しそうに笑うシィ。

すでにエミューもまた、シィの扱い方を理解していた。

そうして、彼女らは色んなことを話しながら登校し――。

◇　◇　◇

「「ただいまー！」」

「……ただいま」

三人の後に、同じくただいまと言いたげな身振りをするレイス娘達。

「はいおかえり。今日も一日、頑張ってきたの」

「おかえりなさいっす、ご飯はもうちょっとで出来るっすからね！」

出迎えたのは、レフィとリュー。

一つ遅れて、キッチンの方からユキとレイラが顔を覗《のぞ》かせ、それぞれ「おかえり、お前ら」「おかえりなさいー」と声を掛ける。

そして――レフィ達が面倒を見ている、二人の赤子。

と、その足元で自分の尻尾《しっぽ》を追いかけて遊んでいる、ふわふわの小さな狼《おおかみ》。

「リウ、サクヤ、セツ、ただいま！」

「だぁ、うぅ！」

「あぁう」

「うーん、可愛い！　相変わらず、リウは元気で、サクヤはちょっと大人《おとな》しいね――って、わっ、あはは。待って待って、わかった、遊んであげるから」

セツは、くるくる回るのをやめると、短い脚でトテテと歩き、「遊んで！」と言いたげにイルーナの足に頭を擦り付ける。

「イルーナ、いいなぁ～。セツにすごいなつかれてて」

「……ん。イルーナには、よく懐いてる」

「一緒に遊んでたら、すぐみんなにも懐くって」

リルの娘であるセツは、基本的にはリル達と共に日々を過ごしているが、ユキ達が過ごす居間――真・玉座の間の方で過ごすことも多い。

それは、リルがセツに、自分達の主人たる家族をしっかり認識してほしい、と思っているからだ。

ちなみに、やはりヒトよりも成長の早いセツは、もう歩くことが出来るようになっているのだが、ユキ達のことを遊んでくれる相手だと認識しており、すでに大分懐いている。

特に、リルの臭いを一番させているユキと、何故かイルーナにはよく懐いており、二人の姿を見るとこうして構ってほしそうにすることが多いのだ。

また、彼女はリウとサクヤのことを、姉弟《きょうだい》というか、群れの仲間のように認識している節があり、そのため居間に連れて来た時には、二人と一緒にいようとする動きが見られる。

そんなセツに対するリウとサクヤの対応の仕方にも、性格の違いが表れている。

リウはセツが鼻を擦りつけてくると、嬉《うれ》しそうに手足を動かしてセツの頭を触ったりするのだが、サクヤの方は冷静な様子でされるがままにし、セツを撫《な》でたりするのだ。

ただ、二人ともセツが来ると、泣いたりしていてもすぐに泣き止《や》んで一緒に遊び始めるので、楽で助かるというのが、大人達の思いである。

「セツ、すぐご飯だから、ちょっとだけね！　ほーら、よしよし」

わしゃわしゃと撫で回しまくり、みんなでセツを可愛がったり、リウとサクヤといないいないばあをして遊んだり、仕事から帰ったネルを迎えたりしている内に夕食の時間となる。

そして彼女らは、こんなことがあった、あんなことがあった、と一日の出来事をいっぱい話し、家族との時間を楽しみ、風呂《ふろ》に入って温まり、眠るのだ。

あとがき

どうも、流優《りゅうゆう》です。十五巻をご購入いただき、誠にありがとうございます！

いやぁ、ここ最近は魔戦祭に向けての話だったのですが、魔戦祭に関してはあっさり終わってしまいましたね。

まあ、元々そういう予定ではあり、魔戦祭自体は大きな流れの中でのゴールのつもりで書いていました。ここでユキが魔帝をやめたのも、ここがゴールのつもりだったからです。

十巻の終わりに皇帝の座を受け継いだので、何だかんだ六巻分は皇帝をやっていたことになりますね。そう考えると結構頑張ったな、ユキさん。

そして、とうとうレフィとリューと、それぞれの子が産まれました。作者としても、感慨深い限りです。

出会ったところから書き始めて、一つ一つ積み上げて、ここまで至った訳ですから。

もう一つ、イルーナ達の成長も感慨深いものです。『幼女』でしかなかった彼女らが、『少女』と呼べるまでになり、今回でとうとう学校に通い始めるようになりました。

これらも、私がそのように書いたから、というよりも、時が進んでいく内に自然とそのように彼らが関係を進め、成長していき、気が付いた時にはそうなっていました。

勿論《もちろん》、大雑把にこうしたいという思惑はありましたが、まー、正直、思い通りに進んだものは少ないです。

あまりわからない感覚かもしれないのですが、本当、作者の思い通りには動かないんですよ。キャラクターって。それが楽しくって、小説を書いているんですけどね。私なんかは。

自分が楽しくなければ、やはり読者の方も楽しんでいただけないと思いますので、この感覚はこれからも大事にしていきたいところです。

最後に、謝辞を。

色々と大変な時世の中、この作品を共に作り上げてくださっている、担当さんに、だぶ竜《りゅう》先生に、遠野《とおの》ノオト先生。

関係各所の皆様に、この作品を読んでくださった読者の皆様。全《すべ》ての方々に、心からの感謝を。

それでは、また次巻で！　バイバイ！

お便りはこちらまで

〒102－8177
カドカワBOOKS編集部　気付
流優（様）宛
だぶ竜（様）宛

カドカワBOOKS

魔王《まおう》になったので、ダンジョン造《つく》って人外娘《じんがいむすめ》とほのぼのする 15

2023年 3 月10日　初版発行

著者／流優《りゅうゆう》

発行者／山下直久

発行／株式会社KADOKAWA

〒102-8177
東京都千代田区富士見2-13-3
電話／0570-002-301（ナビダイヤル）

編集／カドカワBOOKS編集部

印刷所／大日本印刷

製本所／大日本印刷

ISBN 978-4-04-074887-0 C0093

新文芸宣言

かつて「知」と「美」は特権階級の所有物でした。

15世紀、グーテンベルクが発明した活版印刷技術は、特権階級から「知」と「美」を解放し、ルネサンスや宗教改革を導きました。市民革命や産業革命も、大衆に「知」と「美」が広まらなければ起こりえませんでした。人間は、本を読むことにより、自由と平等を獲得していったのです。

21世紀、インターネット技術により、第二の「知」と「美」の解放が起こりました。一部の選ばれた才能を持つ者だけが文章や絵、映像を発表できる時代は終わり、誰もがネット上で自己表現を出来る時代がやってきました。

UGC（ユーザージェネレイテッドコンテンツ）の波は、今世界を席巻しています。UGCから生まれた小説は、一般大衆からの批評を取り込みながら内容を充実させて行きます。受け手と送り手の情報の交換によって、UGCは量的な評価を獲得し、爆発的にその数を増やしているのです。

こうしたUGCから生まれた小説群を、私たちは「新文芸」と名付けました。

新文芸は、インターネットによる新しい「知」と「美」の形です。

2015年10月10日

井上伸一郎

転生社畜のチート菜園
～万能スキルと便利な使い魔妖精を駆使してたら、気づけば大陸一の生産拠点ができていた～

可換環　イラスト／ riritto

異世界転生した元社畜・マサト。自給自足でまったり暮らそうと趣味だった菜園をはじめると、出来上がった作物は味も効果も伝説級！　さらにスキルで建てた工場では、ビールや醤油まで作れてしまい……!?

カドカワBOOKS

辺境でのんびり……
出来ずに内政無双中！
はやく休ませて！
コミックス
絶賛発売中!!
原作：うみ　漫画：佐藤夕子
キャラクター原案：あんべよしろう
「少年エースplus」にてコミカライズも連載中！
シリーズ
好評発売中
!!!!!
追放された転生公爵は、
辺境でのんびりと畑を耕したかった
～来るなというのに領民が沢山来るから
内政無双をすることに～